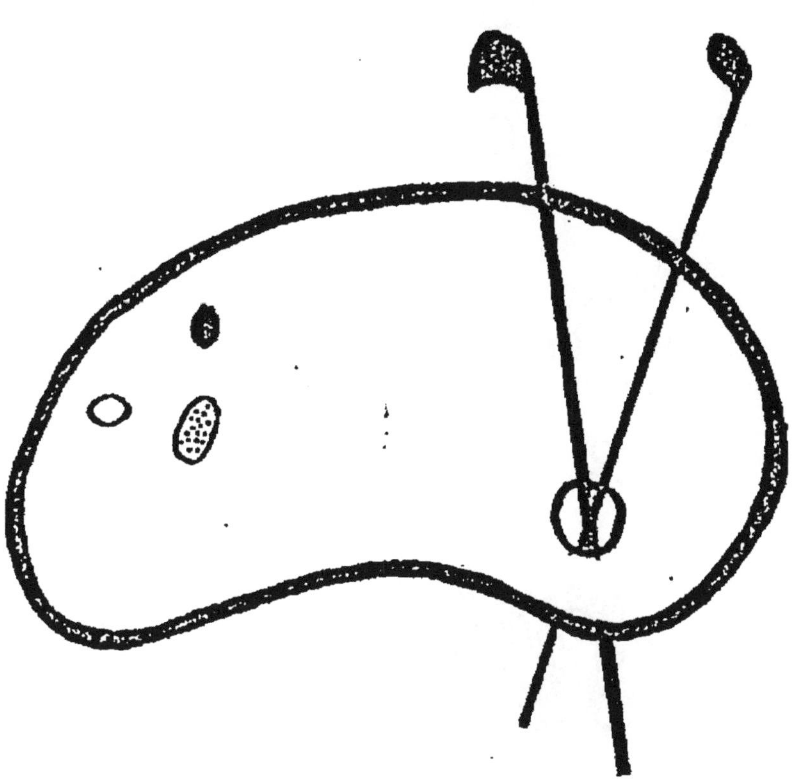

DEBUT D'UNE SERIE DE DOCUMENTS
EN COULEUR

OTHON
LE FAUCONNIER

PAR

ADRIEN LEMERCIER

TOURS

ALFRED MAME ET FILS

ÉDITEURS

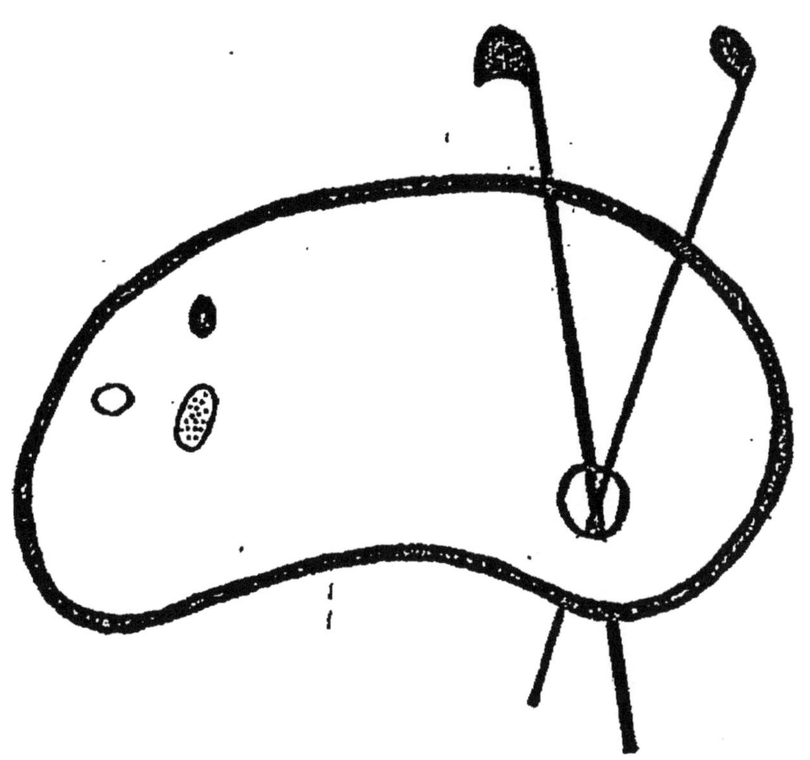

FIN D'UNE SERIE DE DOCUMENTS
EN COULEUR

BIBLIOTHÈQUE

DE LA

JEUNESSE CHRÉTIENNE

APPROUVÉE

PAR Mgr L'ARCHEVÊQUE DE TOURS

—

5e SÉRIE IN-12

Othon, revêtu d'un costume de fauconnier, dit adieu à la noble
dame Théodora, sa mère. (P. 72.)

OTHON
LE FAUCONNIER

PAR

ADRIEN LEMERCIER

TOURS

ALFRED MAME ET FILS, ÉDITEURS

1877

OTHON
LE FAUCONNIER

CHAPITRE I

Le château de Waldberg.

Au temps où la noblesse possédait encore en Souabe ces fiefs nombreux qui faisaient l'ornement du pays, vivait, au milieu de la Forêt-Noire, le comte Henri de Waldberg, seul rejeton d'une famille ancienne et illustre. Son épouse Théodora, modèle de modestie et de piété, descendait de la famille des Stauffen ; elle avait vu son union bénie, dès la première année, par la nais-

sance d'un enfant qui donnait les plus belles espérances.

Le petit Othon faisait le bonheur de ses parents;
il était beau, et surtout docile aux leçons de piété
et de vertu qu'il recevait de sa mère. Henri s'occupait plus particulièrement de l'instruire dans
les exercices militaires, qui faisaient à cette époque une partie nécessaire de l'éducation des chevaliers.

Ainsi rien ne manquait à la félicité des deux
époux, qui, évitant les plaisirs capables de bannir
la paix de leur château, ne trouvaient de jouissance que dans l'exercice de leurs devoirs envers Dieu, et de la bienfaisance la plus généreuse envers leurs vassaux. Ils avaient peu d'amis,
mais ces amis étaient choisis parmi ce qu'il y
avait de plus estimable dans la noblesse des environs.

Heureuse au coin de son tranquille foyer, la
famille de Waldberg l'était encore davantage quand
un beau printemps venait chasser les frimas de
l'hiver. Avec quelle douce félicité le comte, accompagné de son fils et de son épouse, se promenait
alors sur la terrasse du château, prêtant l'oreille
aux chants des oiseaux, au bourdonnement de
l'abeille, aux mugissements des troupeaux, qui
semblaient unir leurs voix pour célébrer le retour
de la belle saison! Leurs cœurs étaient émus; et,

tournant leurs regards vers le ciel, ils remerciaient la bonté divine des faveurs dont elle les comblait. Alors le chevalier, prenant son enfant sur son bras, lui montrait toutes les merveilles de la nature naissante, et lui parlait de la toute-puissance du Créateur. L'enfant, attendri, joignait ses petites mains, et les heureux parents le couvraient de baisers en lui prodiguant les plus tendres caresses. Et quand les vassaux rentraient dans leurs humbles demeures, ils disaient à leurs femmes : « Nous avons vu aujourd'hui notre digne seigneur se promener pour la première fois sur la terrasse; et il nous a rendu notre salut avec bonté. — Que Dieu le bénisse ! répondait-on, qu'il comble de ses grâces son épouse, son enfant et toute sa maison ! »

Othon n'avait pas moins mérité que ses parents l'affection des vassaux; car lorsque après la moisson, à laquelle le comte était toujours présent, les enfants des hameaux voisins venaient glaner sur les guérets, Othon demandait toujours pour eux quelques gerbes à son père, et lui-même les distribuait aux jeunes glaneurs.

En automne se présentaient d'autres plaisirs. C'était la saison de la chasse, et Henri se faisait presque toujours accompagner dans ses courses par son fils, qu'il voulait ainsi habituer de bonne heure à la fatigue et aux dangers. Avec quelle joie la bonne Théodora serrait son fils dans ses bras quand il était rendu à son amour, et avec quelle douce satisfaction le comte parlait de son jeune courage et de ses premiers succès !

Tous les ans, après la vendange, le comte donnait une fête à ses vassaux. Dans les cours du château étaient dressées des tables couvertes de mets ; le comte et son épouse s'asseyaient au milieu des notables du hameau, tandis qu'Othon jouait avec leurs enfants ; des toasts nombreux étaient portés aux bons seigneurs, et les acclamations, qui exprimaient l'affection et la joie des conviés, répétées par les échos, se prolongeaient comme les roulements du tonnerre dans les forêts et dans les vallons.

L'hiver était-il arrivé, toutes les jouissances de la famille de Waldberg se concentraient dans l'intérieur du château. Après avoir prié dans la chapelle que sa piété avait consacrée à la sainte Mère de Dieu, Théodora s'occupait des soins de son ménage, elle travaillait à une tapisserie, ou chantait de pieux cantiques en s'accompagnant de la mandoline. Le comte, couvert d'anciennes blessures qui lui rendaient le froid plus sensible, se réchauffait au coin du feu, et, en racontant à son fils les exploits et les vertus de ses ancêtres, il profitait des moindres faits pour lui inspirer l'amour de Dieu et l'horreur de tout ce qui est mal. De temps en temps il interrompait ses récits pour boire un peu de bon vin du Rhin dans la coupe qui avait servi à ses aïeux.

Chérie de ses vassaux, qui auraient versé tout leur sang pour sa défense, la noble famille était respectée de tous les seigneurs du pays, quoiqu'elle eût peu de relations avec eux; car telle était la maxime du comte : « Ne cherchons point à plaire aux hommes. Peu importe leur jugement, pourvu que notre conscience nous rende ce précieux témoignage que nous faisons notre devoir et que nous nous efforçons sans cesse de plaire à Dieu. Nous serons toujours heureux si Dieu est pour nous, et si nous nous abandonnons entièrement à sa providence. » Il ne cessait de répéter cette maxime au jeune Othon, afin que plus tard il y trouvât aussi un motif de consolation dans les jours d'épreuve.

Henri ne tarda pas à trouver une occasion de mettre lui-même en pratique la pieuse leçon qu'il répétait chaque jour à son fils. Lui aussi, comme tous ceux qu'aime le Seigneur, il devait être éprouvé par l'infortune, et, comme chrétien, il devait porter la croix de son maître.

Le chevalier Dietrich de Felsenheim, homme violent et cruel, avait depuis longtemps élevé des prétentions injustes sur des terres appartenant aux seigneurs de Waldberg. Ne pouvant obliger Henri par des menaces à renoncer à leur possession, il recourut à la force, et plusieurs fois il alla ravager les domaines de ce bon châtelain et incendier ses moissons.

Henri repoussa la force par la force; et, après être parvenu à chasser les émissaires de Dietrich, il espérait pouvoir de nouveau vivre en paix, lorsque le chevalier de Felsenheim reparut aux environs du château, et recommença à piller et à ravager tout le pays.

Le comte fit un appel à ses vassaux, et bientôt toutes les cours du château furent pleines de gens armés prêts à défendre la cause de leur maître. Henri parut lui-même couvert de ses armes; à ses côtés étaient Théodora et Othon. Du haut du perron il harangua sa troupe; il rappela à ses vassaux que leur propre intérêt, aussi bien que la fidélité qu'ils devaient à leur seigneur, exigeait qu'ils déployassent tout leur courage pour défendre la cause de la justice contre les prétentions d'un chevalier déloyal.

Quand il eut fini de parler, de bruyantes acclamations retentirent dans tous les rangs; des coupes pleines d'un vin généreux passèrent de main en main, et l'on but à la santé du châtelain et à la victoire que le Ciel allait sans doute accorder au bon droit. On sortit ensuite de la cour pour se ranger en ordre de bataille devant la porte du château, tandis que le comte faisait ses adieux à son épouse et à son fils.

« Ne pleurez point, leur dit-il d'une voix émue; pendant que je combattrai nos ennemis, vous prierez le Ciel de bénir mes armes. J'espère qu'avant la fin du jour vous me reverrez sain et sauf au milieu de vous. Mais si le Seigneur en ordonnait autrement (pardonne-moi, Théodora, de t'occuper de ces sinistres pensées), si je ne devais plus te revoir, lorsque le messager de la mort t'aura quittée, retire-toi dans tes appartements, et offre le sacrifice de tes larmes à Celui qui a voulu souffrir pour nous les angoisses d'un cruel trépas. Quand tu auras assez pleuré, oh ! alors, lève tes regards vers le ciel, et, avec une entière résignation à sa volonté sainte, jette-toi entre les bras de sa miséricorde, car l'Éternel sera ton soutien et ton père. Et, quoi qu'il puisse arriver, n'oublie pas que rien ne se passe ici-bas qui ne soit ordonné pour le bien des élus ! Si, après ma mort, le chevalier de Felsenheim, usant de sa victoire, venait attaquer notre château, quitte-le avec ton enfant, et, sûre de la protection divine, sauve-toi dans la forêt. Là tu trouveras encore des cœurs bienfaisants qui se feront un bonheur et un devoir de recueillir votre infortune. Il est inutile de te rappeler les soins que tu dois à ton enfant; parle-lui souvent de son père, mais encore plus souvent de son Père qui est dans les cieux. Adieu, maintenant, chère Théodora; je te confie aux soins de la Providence. Adieu, et prie pour moi à l'heure du danger. »

Ici le comte s'arrêta; les larmes et les sanglots empêchèrent la comtesse de répondre; elle cacha son visage dans le sein de son époux.

« Et toi, mon cher enfant, continua le comte en prenant Othon dans ses bras, tu resteras auprès de ta mère pour la consoler; ton bras est encore trop faible pour manier une épée. Si, au lieu de la victoire, je devais trouver la mort, et que la douleur de ta mère fût trop vive, tâche de la soulager par ton amour; aime-la toujours comme tu l'as aimée jusqu'à présent; et lorsque tu seras plus âgé, tu deviendras aussi son défenseur et son appui. Rappelle-toi sans cesse mes leçons, et maintenant mets-toi à genoux, mon enfant, afin que je te donne ma bénédiction : Que le Seigneur soit avec toi, qu'il t'accompagne dans toutes tes voies et te conduise à un éternel bonheur. »

L'enfant, qui comprenait assez bien le sens des dernières paroles de son père, quoiqu'il ne fût encore âgé que de sept ans, pleurait à chaudes larmes, et Théodora pleurait avec lui. Le comte, les ayant encore une fois serrés contre son cœur, franchit le pont-levis, et, s'élançant sur son cheval, il donna le signal du départ. Quelques minutes après, toute la troupe avait disparu au milieu de la forêt.

« Que le Seigneur les accompagne ! dit Théodora à Othon, quand ils eurent perdu de vue le comte et qu'ils rentrèrent dans le château. Prie, mon enfant, prie pour ton père ; le Seigneur écoutera ta prière, car il aime les enfants. »

Et l'enfant, s'agenouillant aux pieds de sa mère, récita, d'une voix entrecoupée de sanglots, la prière qu'elle lui avait appris à dire pour ses parents. « C'est bien, mon enfant, lui dit ensuite Théodora en essuyant ses larmes, le bon Dieu ne te privera pas de ton père, il exaucera ta prière. Oh ! sois toujours bon, et tu pourras toujours avec confiance recourir à sa providence. »

Seule avec Othon dans ses appartements, Théodora voulut se distraire par le travail des angoisses auxquelles son âme était en proie. Elle avait repris son métier sur lequel était tendu un charmant ouvrage déjà bien avancé ; c'était une vue du château de Waldberg avec ses riants alentours ; mais dans son inquiétude il lui semblait que le paysage qu'elle reproduisait était un souvenir plutôt qu'une réalité, et des larmes tombaient sur ses mains tremblantes, comme s'il ne devait pas lui être permis d'achever son travail.

Plusieurs fois, durant cette journée d'alarmes, elle monta sur la plus haute tour du château pour découvrir au loin la route par où devait revenir son époux, et chaque fois elle descendait désolée de n'avoir rien aperçu qui pût lui faire espérer le retour de celui qu'elle aimait. Son âme tendre aurait succombé sous le poids de ses craintes mortelles, si les vérités consolantes de la religion ne l'eussent soutenue : « Oui, se disait-elle, le Seigneur veille sur nous; il ne nous arrivera que ce qu'il ordonnera pour notre bien. » Et, prosternée au pied de l'image de la sainte Vierge, en qui elle avait mis toute sa confiance, elle priait avec une nouvelle ardeur; en se relevant elle se sentait soulagée.

Vers le soir, Théodora alla avec Othon se promener aux environs du château. L'air frais parut lui faire du bien, et elle se mit à cueillir des fleurs dont elle fit une couronne en les attachant avec du lierre. « Quand mon époux reviendra, se disait-elle, je lui offrirai cet ornement de l'arrière-saison. Je sais que chacune de ces fleurs le flattera bien plus qu'une couronne de lauriers reçue des mains de l'empereur ne flatte le guerrier après la victoire. »

Occupée de ces pensées, elle était descendue jusque dans la plaine. Là, à l'entrée d'une forêt de sapins, s'élevait une modeste chapelle ombragée par quatre tilleuls. Le charme de ce lieu et le besoin continuel qu'elle avait de prier engagèrent la comtesse à s'y arrêter. Elle s'assit à l'entrée et laissa son enfant pour jouer dans la prairie avec les agneaux qui y paissaient.

Dans la chapelle se trouvait un tableau de prix que le comte y avait fait placer. Ce tableau représentait la Mère de douleurs lorsqu'elle reçut entre ses bras le corps inanimé de son fils; et il était si frappant d'expression, qu'il était impossible de le voir sans être attendri. Théodora se prosterna devant cette image : « Sainte Vierge, dit-elle, que sont mes douleurs en comparaison des vôtres? et comment pourrais-je me plaindre quand je pense à vos souffrances? Vous qui n'avez été si affligée que pour devenir la consolatrice des affligés, voyez mes angoisses, et obtenez-moi de mon Sauveur cette résignation sainte à sa volonté divine, qui seule peut consoler le chrétien et rendre méritoires toutes ses peines. »

Cependant le soleil s'était incliné à l'horizon, et son disque commençait à disparaître sous un brouillard épais qui s'élevait du fond de la vallée. Théodora rappela Othon et remonta avec lui au château.

Quelques heures se passèrent encore au milieu des plus vives alarmes : le moindre bruit effrayait la comtesse, qui craignait toujours de voir arriver un messager de mort. Mais enfin les sons prolongés des trompettes que l'on entendait dans le lointain frappèrent son oreille attentive; elle reconnut le signal de la victoire, et, prenant Othon par la main, elle courut jusqu'à la porte extérieure du château au-devant de son époux.

CHAPITRE II

« Le Seigneur a exaucé ta prière, dit Henri à son épouse en descendant de cheval, et la serrant contre son cœur; notre ennemi est vaincu, et tu me vois sain et sauf de retour près de toi. C'est au Ciel que nous devons le succès de notre entreprise; c'est aussi à lui qu'il faut rendre nos actions de grâces, ainsi qu'à ce noble chevalier qui est venu nous prêter le secours de son bras, et dont les guerriers ne se sont pas moins montrés courageux que ceux que j'ai eu la gloire de commander. » Et le comte présenta à Théodora le chevalier Édelbert, qui, ayant appris l'odieuse agression de Dietrich, était venu présenter ses services à son ami de Waldberg.

Lorsque toute la troupe se fut retirée, Théodora introduisit les chevaliers dans le salon, où elle avait déjà tout préparé pour la réception de son mari. Le grand fauteuil à bras était près de la cheminée, et à côté, sur une antique table de noyer, était la coupe pleine de vin.

Après quelques moments de repos, le souper fut servi, et l'on retourna ensuite près du foyer. Théodora s'approcha alors de son époux, tenant d'une main la couronne de fleurs qu'elle avait tressée dans la soirée, et de l'autre main la broderie à laquelle nous l'avons vue travailler le même jour. « Mon ami, dit-elle au chevalier, voici une couronne que j'ai tressée aujourd'hui pour célébrer ton heureux retour, et voici une broderie que je te destinais pour ta fête. Elle n'est pas encore achevée entièrement, mais la joie que j'éprouve en ce moment ne me permet pas d'attendre jusqu'à cette époque, et je te l'offre dès aujourd'hui. Je l'achèverai plus tard, et je n'aurai pas la peine d'y travailler en secret comme je l'ai fait jusqu'ici.

— Les nouveaux témoignages de ton affection me sont toujours précieux, répondit le comte ; mais ce présent m'est particulièrement agréable aujourd'hui ; je l'accepte avec reconnaissance, et je le garderai toute ma vie.

— Permettez-moi maintenant, comte de Waldberg, dit Édelbert, de vous demander la cause de cette hostilité qui anime contre vous depuis si longtemps notre voisin le chevalier Dietrich, et l'origine de ses prétentions sur vos domaines.

— L'histoire en est longue, répondit Henri, car la haine des Dietrich pour ma famille date de bien loin ; cependant, puisque vous le désirez et que les fatigues de la journée nous ont trop agités pour que nous puissions de sitôt nous abandonner au sommeil, je vais vous satisfaire. »

On renouvela l'ample provision de bois qui brûlait dans la vaste cheminée, et bientôt la flamme brillante qui s'éleva dans le foyer fit pâlir la faible lueur de la lampe suspendue à une solive du plafond ; le comte de Waldberg commença ainsi son récit :

« Sur les frontières de la Bohême, et au sommet d'une colline escarpée et entourée d'une sombre forêt, s'élevait le château de Falkenberg, la résidence de tous mes aïeux. Les tours de ce château dominaient la vaste plaine qui s'étend au pied de la colline, et que traverse une large rivière. C'est dans ce château que je reçus le jour.

« Mon père, le comte Rodolphe de Falkenberg, m'aimait avec d'autant plus de tendresse, que j'étais son seul enfant, son unique héritier. Ma mère étant morte lorsqu'à peine j'avais atteint ma dixième année, mon père, que cette perte avait

vivement affligé et que des guerres continuelles
appelaient à chaque instant auprès de l'empereur,
se voyant dans l'impossibilité de me donner une
éducation telle qu'il la désirait, résolut de me
mettre entre les mains d'un de ses meilleurs
amis, le chevalier Luitpold de Mœhrenfels.

« Lorsque le jour où je devais quitter le château
fut arrivé, mon père me conduisit jusqu'au pied
de la colline, et s'arrêtant à l'entrée de la forêt par
laquelle je devais pässer, il me rappela en peu de
mots les sages conseils qu'il m'avait souvent
adressés, et me recommanda surtout de rester
toujours sincèrement attaché à notre sainte religion, qui devait être mon égide au milieu des
dangers et des tentations qui allaient m'entourer.

« Une larme parut dans les yeux de mon père
lorsqu'il posa sa main sur ma tête pour me bénir;
car il était vivement ému. Pour moi, je pleurais,
et mes sanglots ne me permirent pas de lui dire
le dernier adieu; je me sentais le cœur serré
comme si j'eusse prévu que je ne devais plus le
revoir.

« Quand il m'eut quitté, je le suivis longtemps
des yeux, et ce ne fut qu'après qu'il eut disparu
derrière les rochers à travers lesquels serpentait
la route, que je pus me décider à continuer mon
chemin avec l'écuyer que mon père m'avait donné
pour guide.

« Arrivé à Mœhrenfels, j'eus le bonheur de m'attirer la bienveillance du comte Luitpold et de son épouse. Ils m'aimaient comme leur fils; je les aimais comme mes parents.

« J'avais atteint ma dix-neuvième année, et je devais suivre à la cour de l'empereur le comte Luitpold en qualité d'écuyer, lorsque nous reçûmes un messager de mon père qui nous pressait de voler à son secours. Les deux d'Eulendorf, père et fils, ennemis héréditaires de notre maison, attaquaient le château de Falkenberg.

« Sans perdre un instant, Luitpold rassembla une troupe nombreuse de cavaliers, et nous nous mîmes en route. En arrivant sur la première hauteur d'où l'on pouvait découvrir tous les environs de Falkenberg, nous fûmes surpris de les voir ravagés et déserts; tous les habitants s'étaient réfugiés dans le château, devant lequel s'agitaient une foule d'assaillants. Aussitôt que ceux-ci aperçurent nos bannières, saisis d'une terreur panique, ils parurent se disposer à fuir; mais leur chef les contraignit de marcher à notre rencontre. Comme un tigre furieux, il s'élança sur moi suivi de ses gens. Le combat fut sanglant, mais la victoire nous resta; l'ennemi, dans sa déroute, laissa plusieurs morts sur le champ de bataille.

« Cependant la nuit était venue. Après avoir fait emporter les blessés, je me rendis auprès de Luitpold, qui s'était établi sur une hauteur à l'entrée du château. La clarté de la flamme qu'il entretenait pour nous servir de ralliement me montra sa figure toute bouleversée par la douleur et ses yeux baignés de larmes.

« Où est mon père? » lui dis-je aussitôt; car, dès le commencement du combat, j'avais vu des guerriers sortir du château pour se joindre à nous et attaquer nos ennemis, et je ne doutais point que mon père ne fût à leur tête. Luitpold leva lentement la tête, et me regardant tristement : « Chevalier, répondit-il, avez-vous examiné les morts qui sont dans la plaine du côté opposé à celui où vous combattiez? Votre père, en expirant, m'a chargé de vous faire ses adieux. Ses dernières pensées ont été pour vous.

« — Il est donc mort ! » m'écriai-je avec douleur, et mes yeux égarés cherchaient autour de moi celui que le Ciel m'avait ravi pour toujours.

« Au coucher du soleil, continua Luitpold, comme j'étais aux prises avec le vieux d'Eulendorf, votre père accourut suivi de ses guerriers. D'Eulendorf a succombé sous ses coups avec plusieurs de ses cavaliers; mais bientôt votre père lui-même a reçu une blessure mortelle, et je l'ai vu tomber à mes pieds à l'instant où nos ennemis prenaient la fuite. Je m'agenouillai à côté de lui, pour lui porter secours. « C'est assez, me dit-il d'une voix à peine intelligible, je te remercie, mais il est inutile d'essayer à me sauver la vie. Le Seigneur m'appelle à lui; comme je me suis toujours tenu prêt à paraître devant sa justice, j'espère en sa miséricorde; si j'ai versé le sang, ce n'a été que pour ma défense, et je pardonne de bon cœur à ceux qui voulaient répandre le mien. Mais je suis père, j'ai un fils; je le recommande à tes soins; dis-lui de pardonner aussi; c'est la dernière recommandation que j'ai à lui faire. Oh! non, il ne se refusera pas à cette dernière volonté de son père, c'est aussi la volonté de son Dieu. » Et, pressant contre ses lèvres décolorées, qui déjà ne récitaient plus que des prières à peine intelligibles, l'image de la croix dont la poignée de son épée était ornée, il leva pour la dernière fois ses yeux vers le ciel, et rendit le dernier soupir. »

« Il me serait difficile, ajouta le comte Henri, de vous peindre l'état dans lequel m'avait mis ce récit de Luitpold. Appuyé contre un arbre et fondant en larmes, j'étais tombé dans une sombre mélancolie, d'où je fus bientôt tiré par une lueur affreuse qui s'étendait sur tout le pays. Des émissaires de notre ennemi, profitant des ténèbres, étaient parvenus à entrer au château et y avaient mis le feu. Tous nos efforts réunis ne purent arrêter les progrès des flammes; en quelques

1*

heures le château ne fut plus qu'un monceau de cendres et de ruines.

« Je regardais d'un œil morne ce triste spectacle; en un jour j'avais perdu mon père et mes biens, toutes mes espérances étaient détruites, et je n'avais pas même une épée à moi pour relever ma fortune. Je me rappelai alors les dernières paroles de mon père, et je suppliai la bonté divine de me donner assez de-force pour résister à la voix si terrible de la vengeance.

« Le lendemain, aussitôt que le jour commença à poindre, j'allai encore visiter le champ de bataille. Je reconnus parmi les morts le vieux d'Eulendorf : ses lèvres pâles semblaient encore contractées par le sourire moqueur qui lui était habituel; étendu sur le cadavre de son cheval, il tenait dans sa main glacée son épée toute sanglante. J'espérais, mais en vain, trouver mon père; peut-être nos ennemis l'avaient-ils enlevé pour exercer sur ses restes inanimés une odieuse vengeance. Après l'avoir cherché pendant long-temps, Luitpold, touché de ma douleur, m'entraîna malgré moi loin de cette scène de carnage, et le lendemain je quittai ce pays où tout me rappelait mes infortunes. De retour à Mœhrenfels, je vécus longtemps dans la retraite et l'inaction; l'épée que m'avait donnée Luitpold restait suspendue au mur, et ma lance se rouillait dans un coin.

Insensible à tout plaisir, je ne me trouvais bien qu'au pied des autels, où je pouvais épancher devant Dieu mon cœur rempli d'amertume.

« Un soir cependant Luitpold vint à moi, et me prenant amicalement la main : « Mon jeune ami, me dit-il, il est temps de mettre un terme à cette langueur qui vous consume ; je vous ai élevé comme mon enfant ; écoutez mes conseils comme ceux du père dont je veux vous tenir lieu. Le Ciel ne veut pas que vous oubliiez votre origine et que, pour une épreuve même aussi dure que celle qu'il vous a envoyée, vous renonciez à vos droits de chevalier. Il veut que vous vous aidiez vous-même et que, faisant de votre côté ce que réclame l'honneur de votre famille, vous espériez tout de sa providence. Vous êtes chevalier, il vous manque un château ; je vous en donne un, celui de Waldberg, afin que vous puissiez relever le nom de vos aïeux, et que vos vassaux reconnaissent encore en vous le descendant des nobles comtes de Falkenberg et bénissent votre nom, comme les vassaux de votre père bénissaient le sien. »

« Je remerciai mon bienfaiteur en versant des larmes de reconnaissance, et, après quelques jours de préparatifs, je partis pour mon nouveau domaine, où Luitpold voulut lui-même m'accompagner. En outre, il demanda pour moi ta main, ma chère Théodora, et Dieu sait combien de fois je l'ai remercié de m'avoir accordé en toi une épouse selon son cœur.

« J'étais heureux, surtout depuis que le Ciel m'avait donné un fils, lorsque, obligé de quitter la Bohême pour échapper à la haine de ses vassaux, et peut-être aussi parce qu'il connaissait déjà mon nouveau séjour, le jeune chevalier d'Eulendorf vint s'établir ici à son château de Felsenheim. Du fruit de ses rapines il a acheté plusieurs domaines aux environs, et depuis qu'il y est, il n'a cessé de me menacer. Mais, fidèle à la dernière volonté de mon père, je n'ai pris les armes contre lui que pour me défendre, et je laisse à la divine Providence le soin de le châtier ou de le ramener à de meilleurs sentiments. Espérons toujours en elle ; elle veille sur nous, même lorsqu'elle semble nous abandonner, et celui qui espère en Dieu ne sera jamais confondu. »

CHAPITRE III

Catastrophe imprévue.

Pendant le récit du comte, Édelbert vit souvent couler des larmes le long des joues de la sensible Théodora. Le petit Othon, malgré ses efforts, ayant enfin succombé au sommeil, dormait paisiblement sur les genoux de sa mère, et le feu de la cheminée s'était presque éteint. Théodora réveilla son enfant pour lui faire dire sa prière ; mais à peine celui-ci eut-il commencé, que les sons prolongés du cor de la sentinelle annoncèrent de nouveaux dangers.

Théodora et Othon tremblaient de tous leurs membres, lorsqu'un soldat entra pour dire à son maître que les ennemis, revenus à l'improviste,

avaient mis le feu à la porte de la poterne, et lan-
çaient déjà des brandons jusque dans les cours.
« Ma chère Théodora, dit Henri en embrassant
son épouse, le Ciel nous éprouve; humilions-nous
sous sa main et abandonnons-nous à ses desseins;
je te quitte pour remplir mes devoirs; si le Seigneur veut que nous succombions, tu te sauveras
avec ton enfant par le souterrain que tu connais.
Adieu, et que le Ciel vous protége! »

En disant ces mots il s'arrache des bras de son
épouse et se précipite hors de l'appartement.
Théodora, à genoux et les mains jointes, invoquait
avec ferveur le secours céleste; Othon, couché
devant elle, pleurait et criait.

Cependant le comte avait rassemblé ses gens,
et, suivi d'Édelbert, qui de son côté avait réuni
les siens, il sort à travers les flammes et se jette
au milieu des ennemis; mais son ardeur l'em--
porte trop loin : séparé de sa troupe, il se voit tout
à coup environné des satellites de Dietrich, qui,
malgré ses efforts, le saisissent et l'entraînent.

Dietrich lui-même vint l'insulter; mais Henri
ne répondit point à ses insultes; ses yeux étaient
tournés vers la fenêtre de l'appartement où il
avait laissé ce qu'il avait de plus cher, et il priait.

Édelbert venait de succomber sous les coups
de ceux qu'il avait mis en fuite la veille; ses gens,
le voyant étendu sans vie, perdirent courage,

ainsi que ceux du comte, lorsqu'ils virent celui-ci entre les mains des ennemis, et tous rentrèrent précipitamment dans le château pour le défendre encore, s'ils le pouvaient. Mais il était déjà trop tard, Dietrich y pénétra à leur suite, et, après avoir désigné sa part du butin, il abandonna le reste à ses cavaliers noirs, qui commencèrent le pillage.

Cependant le comte, gardé à vue par des écuyers et assis sur un rocher, écoutait au milieu des plus cruelles angoisses les cris de joie des vainqueurs et les gémissements des mourants, dont le vent apportait le bruit jusqu'à lui. Des larmes brûlantes tombaient de ses yeux sur la mousse qui couvrait le rocher, et ses lèvres n'articulaient que des paroles de pardon, tandis que ses gardes lui prodiguaient les injures et les railleries les plus grossières.

La perte de tous ses biens et celle de sa liberté même n'étaient rien en comparaison de la mort de tant de serviteurs fidèles qui s'étaient exposés pour sa défense, et de la cruelle incertitude où il était du sort qu'on réservait à sa femme et à son enfant. Tant de douleurs réunies le plongèrent dans une espèce de léthargie d'où il ne fut tiré que par l'arrivée de Dietrich.

« Eh bien! chevalier, lui dit ce dernier en le frappant sur l'épaule, tout est terminé, et nous

allons partir à l'instant. Vous pouvez maintenant
dire adieu à votre château et aux vains plaisirs du
monde, pour ne vous occuper que de votre salut
éternel. Votre pénitence est un peu forcée, il est
vrai; mais à la longue vous vous y accoutumerez,
et un jour vous me remercierez de vous avoir
ainsi préparé l'entrée des cieux, lorsque je pouvais
user autrement de ma victoire. »

Henri paraissait ne pas entendre ces sarcasmes,
tant il était préoccupé du sort de sa famille, dont
il ne pouvait et n'osait demander des nouvelles.
On le mit sur une charrette au milieu de sa vais-
selle d'argent et des meubles de son épouse, que
Dietrich avait pris pour son butin; et, précédé de
son ennemi qui marchait fièrement à la tête du
cortége, il perdit bientôt de vue Waldberg et ses
environs, que commençaient alors à éclairer les
premières lueurs de l'aurore. Mais les ombres de
la nuit n'avaient pas encore entièrement disparu,
qu'une flamme lugubre, qui s'élevait au-dessus
de la forêt, attira l'attention du prisonnier et de
ses gardes. C'était le château que Dietrich avait
fait incendier, afin qu'il ne restât plus aucune
trace du nom de celui auquel il appartenait. Des
larmes échappèrent à Henri, qui, pour les cacher
à ses ennemis, se couvrit la figure de son manteau. « Dieu juste, dit-il, Dieu de miséricorde,
vous êtes témoin des souffrances auxquelles mon

âme est en proie ; ne permettez pas que je murmure contre les décrets de votre providence, et donnez-moi la force de recevoir avec résignation les coups dont votre main nous châtie. Je recommande à vos soins paternels ma pauvre épouse et mon malheureux enfant ; soyez leur soutien, leur consolateur et leur père. »

Le Ciel écouta la prière d'Henri ; il se sentit soulagé et fortifié, et armé d'une entière résignation à la volonté divine, il résolut de souffrir patiemment jusqu'à ce qu'il plût à la Providence de le rendre à sa famille. Enfin le cortége sortit de la forêt, et un ciel clair et serein annonça une journée aussi belle que la nuit précédente avait été sombre et froide.

Toute la contrée de Waldberg était déserte, et quand le soleil parut sur l'horizon, il n'éclaira que des ruines, au lieu des tours orgueilleuses qui faisaient l'ornement des environs. Devant l'autel de la chapelle de la forêt une femme était agenouillée : c'était Théodora.

La nuit précédente, quand son mari l'eut quittée, elle resta d'abord immobile, plongée dans les plus cruelles angoisses, et prêtant une oreille attentive à tous les cris des combattants. Tout à coup elle entend le bruit des pas d'un cavalier dans le vestibule, et elle ne reconnaît point la marche de son époux. Elle serre, en tremblant, son fils contre son cœur, et après s'être recommandée à la Providence, elle attend avec résignation la fin du drame sanglant où elle figurera peut-être comme victime.

Cependant elle se rappelle les passages secrets dont le comte lui a parlé, elle se lève précipitamment, et, rassemblant ce qu'elle peut trouver de linge, elle l'emporte avec sa mandoline.

La malheureuse mère descendit par un escalier dérobé dans des souterrains qui n'étaient connus que d'elle et de son époux. A peine fut-elle hors de danger, que les cavaliers noirs pénétrèrent dans son appartement.

Après avoir, non sans peine, trouvé l'issue de ces voûtes que n'éclairait aucune lumière, Théodora respira plus librement quand elle sentit le premier souffle de la brise, et sortant avec précaution des broussailles qui masquaient l'ouverture du rocher dans lequel était creusé le passage, elle se vit bientôt en liberté. Tout était désert autour d'elle ; le silence de la nuit n'était troublé que par les cris lointains des combattants. Elle enveloppa son fils dans le manteau qu'elle avait jeté sur ses épaules à l'instant de partir, et elle descendit la colline par le même chemin qu'elle avait suivi le jour précédent. Alors l'espoir de revoir un époux chéri l'animait ; mais maintenant elle était en proie aux angoisses les plus cruelles : elle ne savait si jamais il lui serait permis de retrouver Henri.

Lorsqu'elle fut parvenue au pied de la colline, elle s'arrêta et leva les yeux vers le château. Un torrent de fumée s'élevait déjà sur les toits, et bientôt, par toutes les ouvertures, s'échappèrent des tourbillons de flammes. Oubliant le danger qui la menaçait encore, elle restait immobile comme une froide statue de marbre devant ce terrible spectacle; son esprit était presque égaré, et elle était devenue sourde aux plaintes de son enfant.

La vue de la chapelle de la Vierge où nous l'avons vue la veille, et dont les murs étaient éclairés par le reflet de l'incendie, rappela enfin Théodora au sentiment de son existence, et elle se hâta de se réfugier dans l'humble sanctuaire. Là elle se prosterna avec Othon devant l'image du Christ, et après quelques moments du plus profond recueillement : « Seigneur, dit-elle d'une voix qui témoignait de toute la résignation de son âme, vous me l'aviez donné, vous me l'avez repris, que votre saint nom soit béni! Hier encore j'étais une épouse heureuse, aujourd'hui peut-être je suis une veuve infortunée. O Dieu! voyez la misère de votre servante et secourez-moi; j'abandonne à votre providence tout ce qui me reste dans ce monde; je me remets entre vos mains paternelles et vous confie entièrement le sort de mon enfant. Il n'a peut-être plus de père, soyez vous-même son père. Nous avons confiance en votre bonté, que votre sainte volonté soit faite! Et vous, Mère de douleurs, voyez les souffrances d'une épouse et d'une mère infortunée; priez pour nous, prenez-nous sous votre protection, et ne permettez pas que l'innocence soit confondue devant les hommes superbes qui la persécutent. »

Un torrent de larmes soulagea la comtesse du poids qui l'oppressait, et elle continua de pleurer et de prier jusqu'au lever de l'aurore, pendant que son enfant dormait entre ses bras. Quand il se réveilla, il parut tout surpris de se voir en un lieu étranger. « Où sommes-nous donc ? » dit-il à sa mère, et les larmes inondaient ses yeux.

« Nous sommes dans les mains du Seigneur, répondit Théodora; ainsi ne pleure pas. Viens, nous allons faire notre prière, puis nous partirons. »

Et la mère et l'enfant, après une courte prière, se relevèrent et se disposèrent à sortir. Théodora déchira son manteau en deux; elle en donna une moitié à Othon pour le défendre contre l'air déjà froid de l'automne, et elle garda l'autre pour elle-même. Après avoir rattaché sa chevelure et fixé sous son bras la mandoline sur laquelle elle comptait pour gagner de quoi vivre pour elle et pour son enfant, elle s'éloigna.

Avant d'entrer dans le bois, elle tourna encore une fois les yeux vers les ruines de Waldberg, et, s'étant de nouveau recommandée à Dieu, elle disparut dans l'obscurité de la forêt.

CHAPITRE IV

Autant le château de Waldberg était agréable
avant sa destruction, autant était horrible l'aspect
de celui de Dietrich de Felsenheim, situé sur les
bords du Rhin. D'un côté s'étendaient de sombres
forêts qui n'étaient habitées que par des bêtes
fauves ; de l'autre côté et à une grande profon-
deur mugissaient les flots rapides du Rhin. Tout
le château était creusé dans le roc ; le bas ne con-
tenait que de sombres cachots ; au-dessus on
voyait à peine quelques chambres habitables à
l'usage du maître et de son épouse. Mathilde était
le nom de la noble dame qui avait uni son sort à
celui de Dietrich. Son caractère était aussi doux

que l'humeur de son époux était sauvage et cruelle ; Dietrich n'avait obtenu sa main qu'en cachant sous un masque hypocrite la perversité de son cœur. Mathilde ne reconnut que trop tard la faute qu'une confiance sans bornes lui avait fait commettre, et elle la pleurait jour et nuit ; cependant, comme elle était très-pieuse, elle se consolait par la pensée que le Seigneur avait permis qu'elle fût trompée pour éprouver sa foi, et elle prenait tous les jours la résolution de souffrir et d'attendre avec patience la fin de son existence et de ses maux.

La bonté de son cœur lui avait mérité l'affection de tous ses vassaux, tandis que son époux était universellement abhorré ; tout le monde le détestait, excepté les hommes de sang et de rapine qu'il menait sans cesse au pillage.

Mathilde profitait des moindres occasions pour tâcher de ramener le chevalier à de meilleurs sentiments ; alors son angélique douceur donnait à ses paroles un charme indicible ; quelquefois elle lui représentait l'indignité de sa conduite et la haine à laquelle il s'exposait ; mais le chevalier s'emportait, ou, répondant par un rire fou aux sages remontrances de son épouse, il la quittait brusquement et la laissait seule se consoler, dans le sein de la religion, de l'inutilité de ses efforts.

Dans les chambres basses du château étaient

plusieurs prisonniers que Dietrich se plaisait à torturer, parce qu'ils avaient osé résister à ses injustes prétentions et repousser la force par la force. Qu'on juge de la douleur de la pieuse et tendre Mathilde, lorsqu'elle entendait les gémissements de ces victimes de l'injustice et de la barbarie ! Plusieurs fois elle avait essayé de fléchir la cruauté de son époux par ses larmes et ses prières ; mais tous ses efforts étaient restés sans effet, et, réduite à se taire, elle ne pouvait plus que s'adresser au Ciel et le prier de ramener son époux et de changer son cœur.

Quand Dietrich était au château, la malheureuse Mathilde ne pouvait sortir des cours qui entouraient cette vaste prison ; mais quand il s'absentait, et ses absences se prolongeaient souvent des mois entiers, elle allait dans les campagnes respirer un air plus frais et oublier, au milieu des scènes de la nature, ses souffrances et ses chagrins. Alors aussi elle visitait l'humble chaumière où gisait le malade, et, par ses soins et ses aumônes, elle consolait et soulageait le malheur ; mais souvent, lorsqu'elle voulait sécher les larmes de la douleur, elle ne pouvait retenir les siennes en comparant ses propres infortunes à celles qu'elle venait adoucir. Quand elle rentrait au château, elle s'estimait heureuse d'avoir ajouté une bonne action aux sacrifices continuels dont se composait son existence, et elle espérait que les prières de ceux à qui elle avait fait du bien toucheraient le Ciel en sa faveur, et obtiendraient la conversion de son époux et la fin de ses propres infortunes.

Souvent elle versait aussi des larmes amères en se voyant seule et délaissée; car, de tous les habitants du château, il n'y en avait aucun qui lui parût digne de confiance et à qui elle pût faire part de ses peines. L'intendant était un de ces hommes faux qui, voulant ménager les bonnes grâces de tous ceux avec lesquels ils ont des rapports, ne plaisent à personne. Ainsi, en présence du maître, il se montrait empressé à faire ses moindres volontés, et il était aux petits soins avec la maîtresse lorsque celle-ci était seule au château. Ce n'était pas qu'il approuvât la conduite du chevalier; mais il n'avait pas assez de force de caractère pour dire franchement sa pensée, et encore moins pour sacrifier à l'amour de la justice les avantages de sa position. Sa femme, dont le caractère se rapprochait beaucoup de celui de Mathilde, se permettait quelquefois de lui représenter ce qu'il n'osait s'avouer à lui-même ; mais ses observations étaient aussi inutiles que l'étaient celles de Mathilde auprès du chevalier, et Burckard (ainsi s'appelait l'intendant), afin d'éviter les désagréments qui pourraient résulter pour lui

des rapports de sa femme avec Mathilde, cherchait tous les moyens de les empêcher de se
trouver ensemble.

Mathilde avait vu s'écouler plusieurs années
sans qu'aucune joie fût venue interrompre la mo-
notonie de sa captivité, lorsque le Seigneur lui
envoya un ange pour la consoler. Mathilde devint
mère d'une jolie petite fille, à laquelle elle donna
le nom d'Agnès. Quel bonheur pour l'infortunée
captive lorsque, berçant dans ses bras son jeune
nourrisson et le baignant de ses larmes, elle priait
le Ciel, avec une confiance égale à la vivacité de
ses désirs, de ne point lui retirer cette seule consolation, et qu'elle se proposait de consacrer à son
éducation tous les jours de sa vie !

Bientôt l'enfant prononça le doux nom de
maman, et Mathilde, qui ne se possédait plus de
joie, n'eut plus que des actions de grâces à
adresser au Ciel. Agnès profita si bien des leçons
de sa mère, que tous ceux qui la voyaient ne pouvaient s'empêcher de reconnaître en elle l'image
de celle qui lui avait donné le jour ; les pauvres
surtout, qu'elle visitait avec Mathilde, ne pouvaient
assez faire son éloge et remerciaient le Ciel
d'avoir donné à leur seigneur une enfant aussi
aimable.

Nous nous contenterons de citer un fait qui
atteste la bonté et la charité de la jeune fille. Ma-

thilde voulut un jour (c'était l'anniversaire de sa naissance) donner à Agnès une robe d'une étoffe précieuse. Agnès eut à peine connu la détermination de sa mère qu'elle devint triste et que des larmes inondèrent ses yeux. « Eh bien ! qu'as-tu donc, mon enfant ? demanda Mathilde avec inquiétude ; serais-tu malade ?

— Non, maman ; mais il me semble que le cadeau que vous voulez me faire est beaucoup trop précieux pour moi. Une robe bien simple me conviendrait mieux.

— Et pourquoi cela ? n'aurais-tu pas honte de paraître près de ton père sous des vêtements qui ne te distingueraient pas de la fille d'un vassal ?

— Non, maman, je n'en aurais point honte ; et je préfère une étoffe plus simple à celle que vous me destinez.

— Eh bien ! ma fille, si tel est ton désir, je n'insisterai pas ; tu auras ce que tu demandes.

— Je vous en remercie, ma chère maman, continua Agnès en baisant respectueusement la main de Mathilde ; et, puisque vous avez eu la bonté de m'accorder une première demande, j'oserai vous en adresser une autre...

— Voyons, je t'écoute. »

L'enfant, s'approchant de sa mère, posa sa jolie petite tête bouclée sur le sein maternel, et levant vers elle un regard timide et persuasif : « Vous

connaissez, dit-elle, cette pauvre cabane qui est
là-bas près du ruisseau ; c'est là que demeure le
malheureux Kruno. Depuis longtemps il n'a quitté
son lit ; ses jambes sont paralysées, et, malgré les
soins de sa fille et les vôtres, il souffre beaucoup
de la pénurie où l'a mis l'impossibilité de travailler... Mais vous souriez, maman, et je vois
des larmes dans vos yeux ; oh ! oui, vous avez
deviné ma pensée, et vous l'approuvez, n'est-ce
pas, maman ? »

Mathilde était émue jusqu'au fond de l'âme ;
des baisers et des larmes furent d'abord toute sa
réponse. Enfin elle dit : « Ma chère Agnès, je te
félicite de ton bon cœur, et je souhaite que tu le
conserves toujours. Tu veux te priver d'une robe
de luxe pour revêtir la misère ; eh bien ! tu por-
teras toi-même à Kruno le prix de cette robe, et
tu lui annonceras que je vais lui assurer sur mes
épargnes une pension viagère ; va, mon enfant, et
le Seigneur te bénira. »

Agnès eut à peine reçu l'argent destiné d'abord
à l'achat de sa robe, qu'elle demanda un serviteur
du château pour l'accompagner et courut à la
chaumière de Kruno.

Mathilde, en devenant mère, avait espéré que
la vue de son enfant adoucirait le caractère fa-
rouche de son mari ; mais cet espoir fut trompé.
Dietrich resta insensible ; en le voyant au sein de

sa famille, on aurait pu le prendre pour un
étranger.

Agnès venait d'entrer dans sa huitième année,
lorsque son père fit une nouvelle absence qui fut
plus longue qu'à l'ordinaire. Un bruit confus annonça cependant à la fin son retour, et bientôt il
entra dans l'appartement de sa femme, où celle-
ci l'attendait dans de mortelles angoisses. Il
demanda à boire. « Enfin, dit-il, j'en suis venu
à bout; mon plus grand ennemi est entre mes
mains ! » Ce fut le lendemain seulement que Mathilde apprit de la femme de l'intendant que cet
ennemi était le comte de Waldberg, que Dietrich
avait emmené prisonnier après avoir brûlé son
château.

CHAPITRE V

Une famille suisse.

Le soleil avait déjà fourni la moitié de sa carrière, lorsque Théodora et Othon parvinrent à la demeure de leurs vassaux les plus éloignés. La noble dame comptait y passer quelques jours, puis se rapprocher de Felsenheim, afin d'avoir des nouvelles d'Henri. Mais on lui dit que les soldats de Dietrich, guidés par des vassaux félons, la cherchaient, elle et surtout son fils. Il fallait donc s'éloigner en toute hâte. La pauvre mère et son enfant marchèrent pendant plusieurs semaines, évitant de tomber entre les mains de leurs ennemis, et ne suivant pour cela que des routes écartées et désertes. Çà et là des hommes charitables leur offraient du pain et de l'argent; mais plus souvent ils étaient durement repoussés. Théodora versait alors des larmes amères; mais elle oubliait bientôt ses peines passagères, qui ne semblaient rien en comparaison de l'inquiétude où elle était sur le sort de son époux.

Elle arriva avec son enfant au sommet d'une montagne; elle tombait de fatigue; elle s'assit avec Othon sur un rocher. Le pauvre enfant mourait de faim et de soif; Théodora pleurait : les douleurs et les larmes de son enfant brisaient son cœur maternel, et elle ignorait encore si elle trouverait un abri pour la nuit. Elle s'adressa au Dieu qui *nourrit les petits du corbeau, et revêt le lis de ses brillantes couleurs;* et ce Dieu, qui permet souvent que l'homme tombe dans la détresse, afin de lui rappeler la nécessité des secours célestes, écouta la prière de la mère infortunée.

Tout à coup des sons tendres et harmonieux viennent frapper son oreille : c'était le chant d'une jeune paysanne suisse dont le refrain, qui se terminait par ces mots : « Et le Seigneur ne vous abandonnera pas! » retentit, répété au loin par les échos des forêts et de la montagne.

La jeune fille aperçut Théodora, et dans un instant elle fut près des deux voyageurs. « Vous paraissez bien fatigués, leur dit-elle d'une voix pleine de la plus douce pitié, et peut-être êtes-vous encore éloignés du but de votre pèlerinage ?

— Nous n'avons point de but, répondit Théodora ; je suis une pauvre femme sans asile, sans patrie, et depuis longtemps j'erre dans des pays qui me sont inconnus. Si je pleure, c'est moins pour moi que pour mon enfant, qui depuis hier soir n'a rien mangé. Aujourd'hui nous n'avons encore rencontré personne. »

Cet aveu émut la jeune paysanne, qui courut chercher son panier ; elle en tira du pain et du beurre qu'elle offrit à la mère et à l'enfant ; puis elle versa dans une écuelle de bois du lait blanc comme la neige, et la présentant à l'enfant : « Ne pleure plus, mon enfant, lui dit-elle ; voilà de quoi apaiser ta faim et ta soif. C'est le bon Dieu qui t'envoie ce secours, afin que tu apprennes que là-haut tu as un père aussi tendre que ta mère. »

Tandis que Théodora et Othon se partageaient le repas frugal que Dieu leur avait présenté par les mains de la jeune fille, celle-ci aperçut la mandoline suspendue au cou de la comtesse, et demanda à quoi servait cet instrument. Théodora détacha la mandoline et en tira des sons harmonieux. Lorsqu'elle eut fini, la jeune fille lui dit : « Je n'ai jamais rien entendu de si beau. Nous ne connaissons que les cornets à bouquin, les chalumeaux et les flûtes, mais tous ces instruments ne valent pas le vôtre. Une idée me vient : demain nous célébrerons, comme de coutume, la fête annuelle pour le retour de nos vaches qui viennent de quitter les pâturages des Alpes ; si vous vouliez accompagner nos chants de votre musique, je suis sûre que vous feriez autant de plaisir à mes compatriotes que vous m'en avez fait à moi-même, et tous s'empresseraient de vous consoler de vos peines et de vos souffrances. Venez avec moi, je vous présenterai à mes parents, qui vous offriront de bon cœur un asile pour cette nuit, et, si vous le désirez, pour beaucoup plus longtemps. »

Théodora accepta avec reconnaissance l'invitation de la jeune inconnue. « Mais, dit-elle, crois-tu, mon enfant, que tes parents ne te sauront pas mauvais gré de leur avoir amené de pauvres hôtes comme nous ?

— Oh ! non, je les connais trop bien ; lorsque je leur aurai dit l'état dans lequel je vous ai trouvés, ils m'en voudraient plutôt de les avoir privés du plaisir qu'ils éprouvent toujours à secourir ceux qui sont dans la peine. »

Après avoir ainsi parlé, elle prit Othon par la main et descendit la montagne, suivie de Théodora, qui intérieurement ne cessait de remercier le Ciel du secours qu'il venait de lui envoyer.

Après une demi-heure de marche assez pénible,

pendant laquelle Théodora fut souvent obligée de donner aussi la main à Othon, que leur guide soutenait de l'autre côté, ils parvinrent à une belle plaine, où tous les habitants préparaient déjà la fête du lendemain.

Bientôt ils virent une jolie cabane, entourée d'arbres fruitiers, et située au milieu d'une belle prairie. « Voilà, dit la jeune fille, la maison de mes parents ; hâtons-nous d'y arriver. »

Un silence profond régnait autour de la cabane solitaire ; la jeune fille pria Théodora de se cacher avec elle sous un tilleul énorme et touffu, planté à quelque distance de la porte, et de chanter en s'accompagnant de sa mandoline. Théodora, bien qu'elle fût brisée de fatigue et de douleur, se rendit à ce désir pour obtenir l'hospitalité ; elle eut à peine commencé, qu'elle vit sortir de la cabane un homme dans la force de l'âge, au front calme, au visage riant, qui s'assit sur un banc pour écouter la voix inconnue dont il paraissait être enchanté. A côté de lui vint s'asseoir une femme encore belle, dont les traits respiraient la douceur et la bienveillance ; et en peu de minutes tous les domestiques de la maison se trouvèrent réunis autour d'eux, et d'autres habitants des maisons voisines vinrent aussitôt écouter la chanteuse invisible.

Lorsque Théodora eut cessé, Luithold (ainsi

s'appelait le père de la jeune fille) s'approcha du tilleul pour reconnaître celle qui avait su si bien le charmer; son épouse Gertrude le suivit. « Soyez la bienvenue, dit-il en abordant la comtesse, vous m'avez presque fait croire que j'entendais déjà la voix des anges du ciel. Mais vous paraissez fatiguée, entrez dans ma chaumière, et si je n'ai pas de quoi payer le plaisir que vous venez de me procurer, vous ne dédaignerez pas à la table commune une place que je vous offre de bien bon cœur, avec un lit pour la nuit. »

Gertrude répéta l'invitation de son mari, et apercevant Othon : « O le bel enfant ! » s'écria-t-elle. Alors elle le prit dans ses bras et le couvrit de baisers. « Je ne sais, ajouta-t-elle à voix basse en s'adressant à Luithold; mais je gagerais que cet enfant est le fils d'un chevalier.

— Que Dieu vous récompense de l'accueil bienveillant que je reçois de vous, dit Théodora; je vous en remercie, comme je remercie votre bonne fille de m'avoir amenée ici : c'est à elle que je dois de n'être point morte de fatigue et de faim là-haut sur la montagne; c'est elle qui nous a sauvé la vie, à mon enfant et à moi. »

Les deux époux se regardaient avec de grands yeux : « Notre fille, dirent-ils, notre Rose ! mais où est-elle ? » Rose sortit des buissons où elle s'était tenue jusqu'alors.

« La voilà ! » s'écria l'heureux père ; et la joie qu'il éprouvait de la bonne action de sa fille brillait dans ses yeux. Gertrude la reçut dans ses bras, et après lui avoir donné un baiser : « Eh bien ! petite méchante, lui dit-elle, pourquoi t'es-tu cachée derrière la haie ? Était-ce pour t'entendre louer ? » Puis, prenant un ton plus sérieux : « Ma fille, dit-elle, tu as bien fait ; ta conduite honore tes parents, et si tu continues comme tu as commencé, la bénédiction du Ciel t'accompagnera toujours et partout. »

Luithold invita ensuite la comtesse à entrer dans la cabane, et tous les villageois qui s'étaient rassemblés pour entendre la chanteuse se retirèrent, en se demandant l'un à l'autre qui elle pouvait être ; car ses traits délicats, sa voix douce et la finesse de l'étoffe de ses vêtements trahissaient sa noble origine. Gertrude lui offrit la main pour la conduire ; Rose suivit avec Othon. Luithold regarda encore le ciel, afin de s'assurer qu'aucun nuage ne couvrait la cime des Alpes, ce qu'il aurait regardé comme un mauvais présage pour la fête du lendemain ; et, après avoir salué ceux des villageois qui l'avaient accompagné, il rentra dans sa demeure.

L'aurore eut à peine éclairé la petite chambre où Théodora avait passé la nuit, qu'elle était déjà agenouillée avec Othon devant une image sainte

qui faisait tout l'ornement de cet humble réduit,
et elle remerciait Dieu du repos qu'il lui avait accordé après tant de semaines de fatigue.

Gertrude et son mari entrèrent en costume de
fête. Ils demandèrent avec intérêt des nouvelles
de leurs hôtes, et Théodora réitéra ses remercî-
ments à l'honnête famille pour tout le bien qu'elle
en avait déjà reçu.

« Ce n'est pas à moi, dit Luithold en interrompant la comtesse, que doivent s'adresser vos actions de grâces ; c'est au Seigneur, de qui je tiens
moi-même tout ce que j'ai et tout ce que je puis
vous offrir. Mais vous voyez ma tenue de fête ; c'est
aujourd'hui que nous célébrons le retour des troupeaux ; je suis sûr que votre présence sera agréable
à tous nos bergers ; ils écouteront avec plaisir
votre voix et votre instrument, et je suis persuadé
aussi que vous ne leur refuserez pas cette satisfaction ; car Rose m'a dit que, malgré votre las-
situde, vous aviez eu la bonté de jouer pour
elle seule quand elle eut le bonheur de vous
rencontrer. »

Théodora promit qu'elle se trouverait à la fête.
« Cependant, ajouta-t-elle, vous me pardon-
nerez si, même au milieu d'une solennité à laquelle doit présider la joie, je ne vous fais entendre
que des chants tristes ; il m'est impossible de tirer
de mon instrument aucun son joyeux. »

Elle ne put continuer, des sanglots étouffaient sa voix. Luithold, qui la regardait avec un intérêt toujours croissant, pensa encore cette fois ce qu'il avait déjà soupçonné la veille, que l'inconnue était quelque grande dame qu'un caprice de la fortune avait réduite à cet état de misère ; mais il ne manifesta point ses doutes, car il savait respecter le secret de la douleur. « Eh bien ! Madame, dit-il, si vous ne pouvez rien nous chanter de gai, vous nous chanterez quelque pieux cantique, et nos villageois n'y perdront rien ; ils y gagneront, au contraire, lorsque vous leur rappellerez dans vos chants l'auteur de tous les biens qu'ils ont reçus dans le courant de l'année. »

Après le déjeuner, Théodora fut présentée aux villageois, qui accouraient de tous côtés pour la fête, parés de rubans et couronnés de fleurs. Surpris de voir la comtesse, ils se demandaient l'un à l'autre d'où venait cette dame inconnue, dont le costume leur paraissait si étrange ; mais ils n'osaient adresser cette question à Luithold ; ils s'adressèrent à Rose, et celle-ci ne put leur dire que ce qu'elle savait elle-même : qu'elle avait rencontré la dame sur la montagne, et l'avait amenée à ses parents.

Gertrude s'approcha de la comtesse, et lui rappela de la manière la plus aimable la promesse qu'elle lui avait faite de chanter quelque pieux cantique. Théodora prit sa mandoline, que Rose avait accrochée dès le matin à une branche de tilleul, et lorsque Luithold eut de la main imposé silence aux fifres et aux chalumeaux, elle commença un touchant cantique sur l'impérissable bonté de Dieu, qui n'abandonne jamais ceux qui mettent leur confiance en lui.

Tous les regards étaient fixés sur la chanteuse, dont les yeux mouillés de larmes et levés vers le ciel exprimaient la conviction avec laquelle elle invitait les hommes à l'espérance en Dieu. Quand Théodora eut achevé la dernière strophe, tous la félicitèrent sur les pieux sentiments qui l'animaient, et s'informèrent de ses projets. Lorsque ces villageois eurent appris à quel degré d'infortune était réduite la pauvre voyageuse, qui ne savait où trouver un asile, ils semblèrent vivement émus.

Luithold réunit autour de lui les principaux habitants du bourg. Il leur rappela tous les bienfaits que Dieu se plaisait à répandre sur eux, et les engagea à s'en montrer reconnaissants en exerçant aussi la bienfaisance et la charité à l'égard des malheureux. Il leur dépeignit en traits touchants le sort déplorable de la malheureuse Théodora, et leur proppsa de s'unir pour la pourvoir d'une petite chaumière, où elle pût trouver un abri et se livrer à quelques travaux. Cette proposition fut accueillie.

Théodora ne s'attendait pas à tant de générosité. Aussi ne trouvait-elle pas de paroles pour témoigner sa reconnaissance, surtout à l'honnête famille qui l'avait accueillie la première. « Que le Seigneur vous récompense, dit-elle, car il m'est impossible de le faire; je ne puis que le prier pour vous. »

On l'installa dans une modeste cabane; Théodora devait y passer des années de souffrances. L'effort qu'elle avait fait pour gagner par ses chants le prix de l'hospitalité avait été trop grand et trop cruel pour son cœur. Elle dut se mettre au lit. Le chagrin de ne pouvoir s'enquérir du sort de son époux aggrava son mal; elle fut longtemps clouée sur sa couche. Gertrude et Rose ne lui ménagèrent ni leurs secours ni leurs soins. Luithold, qui savait maintenant ce qu'était Théodora, la traitait avec respect. Demeurée faible, Théodora ne pouvait se rendre utile à ses hôtes qu'en s'occupant de différents ouvrages à l'aiguille.

Elle consacrait le reste de son temps à l'instruction de son fils; car elle avait à cœur d'en faire un homme accompli : et elle ne laissait passer aucune occasion de lui inspirer la crainte de Dieu et l'amour de la vertu. Elle lui donnait des leçons de musique; l'enfant y prit tant de goût, qu'avant le retour du printemps il savait déjà fort bien jouer de la mandoline, et qu'il se faisait entendre avec plaisir de Luithold et de sa famille.

Luithold, de son côté, apprit à Othon à faire des cages et des paniers en osier, que l'enfant se réjouissait de vendre dans la belle saison. Mais, comme des oiseleurs avaient promis à Othon de lui apporter quelques jeunes faucons et de lui apprendre comment on s'en servait pour la chasse, il mit en réserve quelques cages qu'il avait faites avec le plus grand soin.

Cependant la neige fondait insensiblement, et bientôt la primevère annonça le retour du printemps. Aussitôt que les chemins redevinrent praticables, Othon demanda et obtint de Luithold un jeune homme de sa maison pour l'accompagner dans les villages voisins, où il se proposait de vendre les petits paniers qu'il avait tressés et les ouvrages de sa mère; ses manières intéressantes et naïves lui faisaient toujours trouver des acheteurs, et il ne revenait jamais à la maison sans avoir tout vendu. Avec quel plaisir il déposait entre les mains de sa mère le produit de sa vente, et avec quelle effusion de joie il était reçu par la comtesse, lorsque, après une courte absence, il allait se jeter dans ses bras!

Un jour il rentra à la maison les mains vides, quoique pourtant il se fût défait de toute sa petite

pacotille; mais, loin de craindre l'aspect et les
reproches de sa mère, il courut à elle avec plus
d'empressement, et lui raconta d'un air radieux
qu'ayant rencontré en chemin un malheureux
presque mourant de faim, il avait cru devoir lui
donner tout ce qu'il rapportait. « Tu as bien fait,
mon enfant, répondit Théodora; je vois avec plaisir
que tu profites de mes leçons. C'est de l'argent que
tu as prêté au Seigneur; il te le rendra au cen-
tuple, c'est-à-dire qu'il t'en dédommagera en te
donnant sa grâce, qui vaut bien mieux que tous
les trésors du monde. »

Othon fut bientôt jugé digne d'approcher de la
sainte table. Confondu avec les autres enfants de
la vallée, il les édifia tous par sa piété et son recueillement, et de ce jour il parut commencer une
nouvelle existence.

CHAPITRE VI

Le prisonnier.

Cependant le comte de Waldberg languissait dans un sombre cachot où l'avait fait jeter Dietrich. Ce cachot avait été creusé dans le rocher escarpé qui supportait le château, et au pied duquel le Rhin coulait, bien au-dessous de la triste prison du chevalier.

Toutes les parois du cachot, formées par le roc lui-même, étaient fort humides, et il n'y entrait de lumière qu'autant qu'il en fallait pour montrer au prisonnier toute l'horreur de sa situation; cette lumière venait d'une fenêtre ou plutôt d'une étroite lucarne grillée. Dans un coin, étaient un banc et une table de pierre sur laquelle, à

2*

des heures réglées, le geôlier déposait du pain et de l'eau; du côté opposé se trouvait un misérable grabat composé de quelques planches couvertes de paille.

Henri, autrefois un des plus brillants chevaliers de l'Empire, n'était plus qu'un squelette ambulant : il avait les joues pâles et creuses, ses yeux étaient devenus rouges à force de pleurer, et sa taille se courbait sous le poids du malheur. « Ah! disait-il souvent, je souffrirais volontiers ce long martyre, si je savais que mon épouse et mon fils sont en sûreté; cette prison me serait agréable, si j'étais sûr qu'ils ne partagent pas ma captivité. Mais, hélas! peut-être entre ces mêmes murs où je suis enfermé, languissent aussi ceux qui me sont chers, et ils ignorent mon sort! O Dieu bon! Dieu miséricordieux! voyez mes larmes, écoutez mes gémissements! Je suis ici à vos pieds, prosterné dans la poussière, et ma confiance en votre bonté infinie n'en est pas moins entière et inébranlable, car vous êtes tout-puissant et fidèle à vos promesses. Je ne me plains pas de mon sort, je ne murmure point contre les décrets de votre Providence; mais permettez à un époux, à un père infortuné, de vous recommander sa famille qui lui est si chère, et qui, comme moi, espère en vous. »

Ainsi priait pendant des heures entières le

comte, à genoux et les mains levées vers le ciel;
car la prière était sa seule consolation. Souvent il
pensait que sa femme et son enfant, dégagés des
liens de ce monde, jouissaient déjà dans l'éternité
du bonheur des élus, et il désirait la mort pour
les rejoindre. Le plus souvent il se les représentait vivant encore, et l'espérance de les revoir lui
faisait paraître les jours moins longs, les nuits
moins douloureuses.

Quand il croyait ne pas être interrompu par le
geôlier, il tirait de son sein la broderie que Théodora lui avait donnée le soir même du dernier
jour qu'il passa à Waldberg, et qui, comme on l'a
dit plus haut, représentait une vue du château et
de ses dépendances; ce tableau réveillait dans son
âme les plus doux et les plus pénibles souvenirs,
et, la tête appuyée contre la muraille humide, il
donnait un libre cours à ses larmes. La vue d'un
oiseau qui venait se percher sur la fenêtre de son
cachot, ou d'un bâtiment voguant sur le Rhin,
dont il pouvait voir le cours sinueux, lui rappelait la liberté dont il jouissait autrefois, et rem-
plissait son cœur d'une tristesse qu'une parfaite
résignation à la volonté divine pouvait seule faire
supporter.

Henri avait toujours été fidèle aux pieuses leçons que lui avait données son père, et, au milieu
des plaisirs de la vie et des vanités du monde, il

avait su conserver son âme pure des atteintes du vice; sa piété solide l'avait fait distinguer parmi tous les chevaliers, auxquels il pouvait être proposé comme modèle, de même que son épouse passait pour une des femmes les plus accomplies de son temps.

Lorsque, privé de sa liberté, il se trouva seul avec Celui qui, comme dit l'Écriture, descendit avec Joseph dans la prison, il parut bientôt oublier, et les jours de bonheur qu'il avait passés dans le monde, et les privations auxquelles il était alors condamné, pour ne penser qu'à son Dieu et au salut de son âme; lorsque le souvenir de sa famille l'accablait de tristesse, il s'empressait de recourir à la prière, et alors il ne tardait pas à se sentir soulagé.

Après deux années de souffrances, Dieu, touché de voir son serviteur accepter de lui les afflictions avec une résignation entière, comme autrefois il avait reçu ses bienfaits avec une pieuse gratitude, voulut lui rendre sa captivité plus supportable. Depuis longtemps Mathilde et Agnès auraient sollicité pour le malheureux chevalier la clémence de Dietrich, si l'âme cruelle de ce dernier eût été accessible à la pitié; mais elles craignaient avec raison que, loin de soulager l'infortune du prisonnier, elles ne fissent que l'aggraver par l'intérêt même qu'elles sembleraient lui témoigner. Elles résolurent donc d'attendre une occasion favorable, et un jour que Dietrich s'était absenté pour quelque temps, Mathilde fit venir Burckard et lui dit : « Je sais que, quoique obéissant à un maître dur et sévère, vous n'avez pas une âme insensible au malheur, je vous en félicite; je désire qu'aujourd'hui même vous me donniez une preuve de votre bon cœur, et de mon côté je vous promets une récompense proportionnée au service que j'attends de vous. J'ai appris que nul autre que vous ne voyait le comte de Waldberg, qui depuis bien longtemps est sous votre garde; je voudrais lui adresser quelques paroles de consolation, et j'ai besoin que vous me conduisiez dans sa prison.

— Madame!... répondit Burckard, que cette proposition faisait trembler.

— Je vous comprends, reprit Mathilde l'interrompant, vous craignez votre maître; eh bien! si jamais il apprend ce que vous appelez une infidélité, je prends tout sur moi.

— Puisque vous le voulez, Madame, suivez-moi. »

Burckard conduisit les deux femmes par des corridors où jamais elles n'avaient encore osé mettré le pied, et, s'arrêtant devant une porte basse et toute en fer, il l'ouvrit avec autant de précaution que s'il eût craint d'être entendu de son maître; puis il fit signe à Mathilde et à sa fille d'entrer; quant à lui, il resta dehors.

Henri ne fut pas peu surpris de cette visite inattendue, et, se levant de son banc, il alla au-devant des deux femmes. « Ne craignez rien, seigneur comte, lui dit Mathilde, nous ne venons pas insulter à vos malheurs; nous venons plutôt pour les soulager s'il nous est possible; asseyons-nous, et dites-nous d'abord la cause de cette captivité rigoureuse à laquelle on vous a condamné.

— Que le Seigneur vous récompense, Mesdames, de la pitié que vous daignez me témoigner; mais mon histoire est longue, et je craindrais d'abuser de votre temps, surtout si, comme je le suppose, vous n'êtes ici qu'à l'insu et contre la volonté du maître du château. »

Mathilde rassura le prisonnier, et celui-ci rapporta tout ce qui s'était passé; ce récit leur causa une émotion telle, que les deux femmes ne purent s'empêcher de répandre bien des larmes.

Quand il eut fini, Mathilde fit entrer l'intendant : « Mon mari, lui dit-elle, vient-il souvent visiter le comte?

— Non, Madame; se fiant entièrement à moi, il n'a pas encore témoigné une seule fois l'intention de le voir.

— S'il en est ainsi, il faut tout changer ici; vous attendrez mes ordres à cet égard. » Puis elle se leva, et s'adressant au comte : « Prenez patience, lui dit-elle, le Seigneur ne vous abandonnera pas ; il saura un jour vous faire rendre justice ; pour cela unissons nos prières et nos larmes, ne cessons point d'espérer. » Et elle sortit en adressant au prisonnier un salut plein de grâce et de bienveillance.

Quelques jours après, le cachot avait entièrement changé d'aspect. Les planchers et les murs avaient été nettoyés ; à la place du lit de paille s'élevait une couchette aussi propre que bien garnie ; quelques chaises de jonc entouraient une table de noyer substituée à la table de pierre, et, sur la demande du comte, la femme de l'intendant avait suspendu au mur un crucifix et une image de la Vierge. « Tout cela est fort beau, disait Burckard ; mais s'il prenait fantaisie au chevalier de visiter son captif, c'en serait fait de moi.

— Sois tranquille, répondait sa femme, il ne s'en avisera point ; sa conscience criminelle ne lui permettra pas de supporter de sitôt le regard de sa victime. Et d'ailleurs, si l'envie lui en venait, il serait facile de faire passer le prisonnier dans quelque autre cachot. »

CHAPITRE VII

Le jeune marchand de faucons.

Plus Othon croissait en âge et en vertu, plus il rappelait au souvenir de sa mère un père chéri, dont ils étaient depuis si longtemps séparés et dont ils ignoraient toujours le sort. « Hélas! disait souvent Théodora, je ne sais ce qu'est devenu mon époux; mais il me semble toujours qu'il vit et que je le reverrai encore dans ce monde. Oh! que ne puis-je marcher! J'irais me jeter aux pieds de Dietrich, et peut-être mes larmes fléchiraient son cœur; s'il me refusait la liberté de mon mari, il ne pourrait du moins me refuser la permission de le voir dans sa prison. »

Ainsi parlait Théodora, et déjà dans le cœur du

jeune Othon germait une résolution généreuse
dont il craignait cependant de parler à sa mère.
Mais quand il eut atteint sa seizième année, et que
ses forces physiques eurent acquis un plus grand
développement, il résolut de parler; et un soir
d'automne il déclara qu'il était résolu à prendre le
costume d'un marchand de faucons, et à s'assurer,
jusque dans le château même de Dietrich, du
sort de son bien-aimé père.

En entendant cette proposition, Théodora ne
put retenir ses larmes; elle serra vivement son
fils sur son cœur, puis elle lui démontra tous les
dangers et les difficultés de son entreprise. « Je
croirais tenter Dieu, s'écria-t-elle en sanglotant,
si je t'exposais, jeune et inexpérimenté comme tu
l'es, à de si grands périls; si je te voyais partir, je
me croirais à jamais privée de tes caresses et de ta
vue, qui sont les seuls biens que la miséricorde
divine m'ait laissés.

— Ma bonne mère, reprit Othon, pourquoi
vous figurer tout ce qui est le plus capable de vous
affliger? Ne m'avez-vous pas répété mille et mille
fois que l'enfant qui obéit à la piété filiale est sous
la protection du Ciel? J'ai la ferme conviction que
le Seigneur me ramènera dans vos bras; avant
qu'un an soit écoulé, vous me reverrez ici, et alors
quelle joie pour vous d'apprendre de ma bouche
des nouvelles de mon père, de le savoir vivant et

de pouvoir travailler à sa délivrance! Fort du secours divin, aidé de vos prières, je croirai pouvoir
affronter tous les dangers, car le Ciel promet une
longue vie à ceux qui aiment et honorent leurs
parents. Eh bien! approuvez-vous ma résolution?

— Oui, mon fils, répondit Théodora d'une voix
résolue; je suis contente de toi et je ne m'oppose
plus à ta volonté, car une voix intérieure vient de
me dire que je te reverrai et qu'alors nous serons
plus heureux. Va, mon enfant, suis les inspira-
tions de ton cœur : Dieu approuve ton projet; c'est
à lui que je te recommande, c'est sous sa tutelle
paternelle que tu vas entreprendre ce périlleux
voyage. »

Le peu de jours qui précédèrent le départ d'Othon
furent employés à différents préparatifs. Théodora
fit à son fils un habillement de fauconnier, que
Luithold se chargea de compléter, et elle vit avec
plaisir qu'il lui allait à merveille. Le pourpoint,
vert clair, avec ses larges manches retroussées,
contrastait agréablement avec la culotte de peau
jaune; et les bottines rouges qui montaient jusqu'à
la moitié des jambes laissaient à découvert les
beaux bas blancs que Théodora avait tricotés, et
qu'attachaient élégamment sous le genou de larges
bandes de différentes couleurs. Othon portait
une large toque noire, surmontée d'une grande
plume dont l'extrémité flottait avec grâce sur ses

épaules, avec les boucles soyeuses de sa blonde chevelure. Les villageois, qui, à la nouvelle de son départ, étaient venus lui dire adieu, ne pouvaient se rassasier de le voir.

Le jour du départ, Othon, après être allé faire sa prière à la chapelle du hameau, rassembla ses faucons, les mit dans deux cages séparées, qu'il suspendit ensuite par une courroie sur ses épaules, et il se présenta à Théodora, qui l'embrassa en versant d'abondantes larmes. « Nous prierons Dieu pour vous, dit Gertrude au jeune fauconnier, afin qu'il vous ramène sain et sauf au milieu de nous.

— Et pour madame votre mère, ajouta Luithold, vous n'avez pas besoin de vous en mettre en peine ; elle est avec de vrais amis, nous ne la laisserons manquer de rien. »

CHAPITRE VIII

Première découverte.

Othon, sachant que le château de Felsenheim se trouvait sur le Rhin, se dirigea vers ce fleuve, pour en suivre le cours.

Depuis longtemps il côtoyait le Rhin et il était entré dans bien des manoirs, lorsqu'un jour il fut arrêté par un violent orage au milieu d'une épaisse forêt. Des aboiements de chiens et le son d'un cor l'avertirent bientôt qu'il était dans le voisinage d'un lieu habité, et, continuant de marcher en avant, il vit devant lui sur la rive du large fleuve un sombre château.

Le jour touchait à sa fin, lorsque Othon, arrivant à la porte du château, demanda à être présenté à l'intendant. Celui-ci le reçut avec d'autant plus de plaisir, que son maître désirait depuis quelque temps un faucon pour remplacer celui dont il se servait habituellement et qu'il voulait mettre à la réforme. Cet homme s'empressa donc d'aller prévenir le châtelain, et après quelques moments pendant lesquels Othon, assis près d'un bon feu, séchait ses habits encore tout trempés, il revint et invita le jeune marchand à le suivre. Othon prit ses cages et suivit l'intendant, qui lui dit qu'il allait être présenté au chevalier de Felsenheim. Ce nom fut comme un coup de foudre pour Othon : « Ainsi donc, se dit-il, je suis dans le château de notre ennemi ! Celui que je vais voir est le même qui a plongé toute notre famille dans le malheur ! C'est lui qui a brûlé notre château ; et il retient peut-être ici mon pauvre père dans une dure captivité ! O Dieu, venez à mon aide, inspirez-moi, et bénissez toutes mes paroles. »

Lorsque la porte de la galerie où se tenait le châtelain s'ouvrit devant le jeune Othon, il ne put se défendre d'une secrète terreur ; cependant il reprit bientôt courage et entra hardiment. Dietrich était à demi couché sur un lit de repos, ayant à côté de lui une grande coupe de vin et s'amusant à faire rouler des dés sur le tapis. Mathilde et Agnès, assises à une table voisine, s'occupaient à broder.

Othon déposa ses cages, et Dietrich, examinant les faucons les uns après les autres, se décida enfin à prendre celui que lui recommandait le jeune marchand, pour en faire l'essai le lendemain. Puis d'un ton brusque il le congédia, en recommandant à Burckard de lui donner un lit pour la nuit.

Lorsque, après un léger repas, Othon fut conduit dans une chambre basse où on lui avait dressé un lit, et qu'il fut seul, il se jeta à genoux, et, les yeux levés vers le ciel et inondés de larmes, il fit cette prière : « Seigneur mon Dieu, vous qui m'avez conduit ici avec le désir de sauver mon père de la captivité à laquelle l'a réduit notre ennemi, venez à mon secours, prêtez-moi l'appui de votre toute-puissance et éclairez-moi de votre divine lumière. Nous avons toujours espéré en vous, ô mon Dieu ! ayez pitié de nous ; ayez pitié de ma pauvre mère, qui n'a consenti à se séparer de son enfant que par l'espoir que vous le guideriez dans la recherche de son père, et qu'après le lui avoir fait trouver, vous lui donneriez les moyens de le sauver. O mon Dieu, laissez-vous toucher par nos larmes ! nous n'avons jamais murmuré contre votre providence. Pleins de résignation à votre volonté sainte, nous avons toujours attendu avec patience qu'il vous plût de nous secourir. Je suis venu ici dans l'espoir d'apprendre au moins si mon père est encore du nombre des vivants; mais comment l'apprendre? Comment retourner auprès de ma mère avec l'heureuse nouvelle que son époux peut encore lui être rendu, si vous ne venez à mon aide? O mon Sauveur, montrez-nous votre bonté, votre miséricorde; et vous, bienheureuse Vierge Marie, soyez pour nous la consolatrice des affligés, le secours des chrétiens, la mère du bon conseil. »

Othon se leva ensuite, et, plein de confiance dans le secours du Ciel, il se disposait à se reposer des fatigues de la route, lorsqu'en prenant sa lampe il vit plusieurs inscriptions sur le mur. En les lisant, il fut surpris d'y trouver un texte souvent répété par sa mère, qui l'avait appris de son époux; c'était la fin d'un psaume : *Domine, adjutor meus et redemptor meus* : Le Seigneur est mon aide et mon rédempteur. Othon prit d'abord ces paroles comme un avertissement du Ciel, qui voulait l'engager à l'espérance; et il méditait sur les vérités consolantes que ce peu de mots contenaient, lorsque tout à coup il aperçut au-dessous de l'inscription les lettres initiales H. d. W. O Dieu! se dit-il tout transporté de joie, c'est mon père, oui, c'est bien Henri de Waldberg qui a gravé ces mots. Sans doute on l'aura enfermé ici; mais est-il encore vivant, ou est-il mort? O mon Dieu, vous venez de me faire connaître en partie le sort de mon père, veuillez, je vous prie, m'apprendre le reste !

Après s'être couché, il réfléchit encore long-temps sur la manière dont il pouvait le plus sûrement parvenir à découvrir ce qu'il désirait savoir; enfin il succomba à la fatigue et s'endormit d'un sommeil profond mais agité.

A peine le soleil commençait-il à dorer les sommets des collines qui bordent le Rhin, que les cris des chasseurs éveillèrent Othon. Se levant à la hâte, le jeune homme courut se placer sous la porte pour attendre Dietrich, et lorsque le chevalier passa, Othon tira de sa cage le faucon que l'on devait essayer et le posa sur le poing du noble chasseur; puis il fit une profonde révérence et se retira; mais il n'avait pas encore perdu de vue le chevalier, que, s'esquivant du château et passant sur le pont encore baissé, il fut en un instant au milieu des rochers qui entouraient ce domaine.

En suivant un sentier étroit, il arriva sur les bords du Rhin, qui baignait de hautes murailles dans lesquelles étaient pratiquées quantité de petites ouvertures. « O Dieu ! se dit-il, c'est là que se trouve peut-être mon malheureux père ! Ah ! s'il m'était donné de le voir ! Que ne puis-je le remplacer dans ses fers et le rendre à la liberté ! Être si près de lui et ne pas pouvoir lui adresser une parole ni le serrer dans mes bras ! »

Comme il restait les yeux fixés sur ces ouvertures trop élevées pour permettre de regarder dans l'intérieur de ces réduits pratiqués dans le rocher, une voix rauque frappa tout à coup son oreille : « Prenez garde, mon ami ; vous auriez sans doute à vous repentir de votre curiosité si quelqu'un des habitants du château vous voyait examiner ainsi les murs. On vous prendrait pour un espion. » Othon trembla, mais sa frayeur ne dura qu'un instant.

S'étant retourné, il vit assis sur un tronc de chêne renversé un bûcheron et un enfant qui déjeunaient tranquillement avec un morceau de pain. Il s'approcha d'eux sans défiance, et le bûcheron, l'ayant considéré, s'écria : « Est-ce bien vous? ou me trompé-je? Mais non, c'est vous ! » Othon recommençait à trembler de tous ses membres, car il craignait d'être trahi ; mais le bûcheron lui prenant amicalement la main : « Rappelez-vous, lui dit-il, le malheureux que vous avez sauvé de la mort en lui donnant tout le fruit de votre vente ; c'était en Suisse et non loin du lac de Thun. Je m'en souviens encore très-bien ; je me félicite de vous avoir trouvé ici pour vous témoigner toute ma reconnaissance et vous faire l'offre de mes services, s'ils pouvaient vous être agréables. »

Il serait difficile de peindre la joie qu'une pareille rencontre causait à Othon; il remerciait intérieurement le Ciel de lui avoir fait trouver un tel ami sur une terre étrangère et ennemie. «Oui, je vous reconnais à présent, dit-il; mais à quel heureux hasard dois-je le bonheur de vous rencontrer ici?

— Écoutez, continua Rupert, ainsi s'appelait le bûcheron; après que vous m'eûtes donné si généreusement les moyens de continuer ma route, j'errai longtemps en Suisse et le long du Rhin. Partout je demandai du travail, et je n'en trouvai nulle part; j'avais déjà dépensé ce que je tenais de votre charité, et je me voyais encore sur le point de manquer de pain, lorsqu'en arrivant dans ce pays, je trouvai sur la lisière de ce bois un homme compatissant qui me reçut chez lui. Ayant appris que j'étais bûcheron, il offrit de me prendre à son service pour l'exploitation de ces forêts, où il travaillait depuis longues années. Son grand âge ne lui permettant plus de s'occuper de ces travaux, il était heureux, me disait-il, de trouver en moi un aide et plus tard un successeur, ajoutant que, si le chevalier de Felsenheim était content de moi, je ne tarderais pas à me féliciter de mon sort. J'acceptai sa proposition avec plaisir, et bientôt Kruno, c'était le nom de cet homme charitable, me donna la main de sa fille, à laquelle la dame du chevalier porte beaucoup d'intérêt, et, aujourd'hui que Kruno est mort, j'occupe sa place et je suis heureux. Mais dites-moi à votre tour ce qui vous amène en ce pays; si je puis vous être utile, je suis tout à votre service; je me féliciterais toute ma vie de pouvoir vous témoigner ma reconnaissance.

— Eh bien ! mon ami, répondit Othon, je vais vous parler avec franchise, car j'ai une entière confiance en vous, et j'ai besoin d'un ami pour exécuter un projet qui peut-être vous paraîtra téméraire, mais pour la réussite duquel je ne craindrais point d'exposer mille fois ma vie. Vous voyez ces trous, qui semblent les fenêtres d'autant de cachots; là, sans doute, languit un homme innocent pour la délivrance duquel je sacrifierais tout ce que j'ai de plus cher, car il est le premier de tous mes bienfaiteurs. »

Rupert ouvrait de grands yeux; le projet du jeune homme lui paraissait non-seulement téméraire, mais inexécutable; et après quelques moments de réflexion, il dit à Othon : « Dieu m'est témoin que je voudrais pouvoir vous être utile, même aux dépens de ma fortune, puisque c'est à vous que je la dois; mais je ne puis vous dissimuler que votre entreprise est bien hasardeuse, et qu'en voulant sauver autrui vous risquez de perdre votre liberté, même la vie, et d'aggraver plutôt que de soulager le sort de votre malheureux ami. D'ailleurs quels sont vos moyens pour arriver jusqu'à lui?

— Je vous avouerai, répondit Othon, que je n'ai encore rien trouvé; mais j'ai confiance en Dieu; il ne m'abandonnera pas.

— Eh bien! voyez : voilà le chevalier qui revient de la chasse; rentrez avec lui; ce soir vous me retrouverez ici, et vous me ferez part de vos projets. »

Othon quitta Rupert, et, rentrant au château, il rencontra Dietrich, qui le complimenta sur la bonne éducation qu'il avait donnée à l'oiseau, ajoutant qu'il pourrait encore rester quelques jours au château si cela lui faisait plaisir. Othon remercia le chevalier et rentra dans les appartements de Burckard, qui lui témoigna de son côté la joie qu'il éprouvait de voir son maître si satisfait.

Après le déjeuner, l'intendant laissa Othon avec sa femme et ses enfants. Le jeune oiseleur crut le moment favorable pour faire jaser cette femme; il espérait apprendre d'elle plus facilement que de son mari ce qu'il désirait tant savoir. Après quelques paroles insignifiantes, et lorsque la femme ne s'attendait à aucune surprise, il lui demanda avec une feinte indifférence si le comte de Waldberg était déjà mort. Cette question inattendue surprit tellement l'épouse de l'intendant, qu'elle pâlit de frayeur.

« Silence, je vous en prie, pour l'amour du Ciel ! si votre vie vous est chère, ne prononcez plus ce nom ; et si, comme il paraît, vous connaissez les malheurs de ce seigneur, oubliez-les ici, car les murailles ont des oreilles, et ceux qui vous entourent sont capables de lire dans vos yeux vos pensées les plus secrètes. Plût à Dieu qu'il fût mort ! car, qu'il soit coupable ou non, il est bien malheureux ; souvent il parle à mon mari d'une femme et d'un enfant qu'il a été obligé d'abandonner aux caprices de la fortune et peut-être aux ressentiments de ses ennemis ; cette idée lui a déjà fait répandre bien des larmes. Pauvre chevalier ! voilà le pain que mon mari va lui porter ; c'est la seule nourriture qu'on lui accorde depuis qu'il est ici ; il n'y a que mon mari qui puisse le voir ; un des serviteurs subalternes de la maison visite les autres prisonniers et leur porte à manger ; mais Burckard est seul chargé de tout ce qui concerne le comte et de lui donner régulièrement le peu qui est nécessaire pour prolonger sa vie et ses tourments ! »

Ici la femme de Burckard essuya ses larmes ; car elle avait encore un cœur compatissant, comme nous l'avons déjà dit, et Othon était tellement ému, qu'il fut obligé de se détourner pour cacher les pleurs qu'il s'efforçait en vain de retenir. Cependant Burckard appelle son épouse, et celle-ci, sortant avec ses enfants, laisse Othon seul.

Une lumière subite éclaire l'esprit du jeune homme : il avait remarqué le pain noir et grossier destiné à son père ; il le prend, enlève une partie de la croûte de dessous, extrait une bonne partie de la mie et substitue un des pelotons de ficelle dont il se servait pour diriger le vol de ses faucons ; puis il écrit à la hâte sur un morceau de papier ce peu de mots : « Votre ami vous attend « ce soir au pied du mur ; lorsque le soleil sera « couché, vous descendrez cette ficelle que vous « remonterez ensuite ; vous y trouverez attachée « une corde qui vous servira d'échelle pour vous « évader. »

Après avoir mis ce billet dans le pain, il replaça adroitement la croûte qu'il avait enlevée et remit le pain sur le plat, à côté duquel était aussi la cruche pleine d'eau destinée pour le comte ; puis il se mit à jouer avec ses faucons, afin de n'éveiller aucun soupçon lorsque reviendrait l'intendant ou sa femme.

Burckard rentra le premier ; il ne savait rien de l'entretien que sa femme avait eu avec Othon, et sa femme n'aurait même osé lui en parler. Après avoir échangé quelques paroles avec le jeune marchand de faucons sur le mérite de ses oiseaux, il lui dit qu'il avait aussi un faucon à nourrir, mais un faucon depuis longtemps réformé, et il emporta le pain et la cruche.

Il revint bientôt après, et Othon, prenant un faucon qu'il devait exercer encore avant de l'offrir au chevalier, demanda et obtint facilement de l'intendant la permission de sortir du château.

CHAPITRE IX

L'évasion.

Lorsque Othon se vit en liberté, il courut dans la forêt et y trouva, comme il était convenu, Rupert et son fils. La joie qu'il éprouvait était si vive qu'il put à peine s'empêcher de l'exprimer par une exclamation qui, peut-être, l'aurait trahi ; puis il lui dit le moyen dont il s'était servi pour donner au captif de ses nouvelles et l'avertir du projet d'évasion qu'on préparait pour lui ; il finit par prier Rupert de préparer une corde assez longue et assez forte pour le soir.

Afin de le décider à lui donner de l'aide, il nomma le prisonnier. Rupert avait entendu plus d'une fois les paysans d'alentour rappeler avec

regrets les malheurs de ce bon Henri de Waldberg. Il se résolut à prêter main-forte au jeune
fauconnier, autant pour délivrer un seigneur jus-
tement aimé du pauvre peuple et indignement fait
prisonnier, que par reconnaissance pour Othon.

Il pria donc le jeune homme de le suivre chez
lui, pour arrêter ensemble les moyens d'exécution ; il fut décidé que, le soir, Rupert ferait approcher du mur une barque ; que le comte et Othon
s'y placeraient, et suivant le cours du fleuve,
iraient aborder hors des domaines de Dietrich.

Après plusieurs heures passées dans une pénible attente, le soleil enfin disparut sous l'horizon ; Othon et Rupert sortirent de la forêt et se
dirigèrent vers le mur qui faisáit face au fleuve, et
où, comme le conjecturait Othon, devait se trouver
l'ouverture du cachot de son père. Rupert amena
une barque, qu'il amarra légèrement à la rive,
après avoir tout préparé pour la fuite. Une brise
assez forte agitait les arbres et la surface des eaux,
et le froissement des branches et le bruit des
vagues effrayèrent souvent Othon et son compa-
gnon ; leur cœur battait vivement de crainte et
d'espérance. « Dieu est avec nous, » répétait souvent Othon à voix basse, pour s'encourager et
encourager l'homme généreux qui alors hasardait
avec tant de dévouement sa liberté et sa vie.

Cependant les derniers rayons du soleil avaient

cessé d'éclairer les nuages légers qui planaient au-dessus des eaux, et les étoiles se multipliaient sur la voûte sombre du firmament, lorsqu'on entendit une pierre glisser le long du mur. Cette pierre était attachée à la ficelle qu'Othon avait mise dans le pain et qu'il reconnut aussitôt. Sans perdre un instant, Rupert fixe à la ficelle la corde qu'il avait apportée, et à laquelle il avait fait quantité de nœuds pour faciliter la descente, et bientôt la ficelle remonte, entraînant avec elle la corde, que suivent avec anxiété les regards d'Othon et de Rupert.

Deux minutes s'étaient à peine écoulées, qu'Othon entendit le frottement d'un corps lourd contre le mur, et un instant après il vit devant lui le prisonnier qu'il venait de sauver. Il ne se rappelait plus que confusément les traits de son père, et l'obscurité de la nuit ne lui permettait pas de les bien distinguer ; mais il n'avait pas oublié une blessure que le comte avait au front, et en voyant la cicatrice, il reconnut avec une joie difficile à décrire qu'il ne s'était point trompé et que le Ciel avait exaucé ses vœux.

Le comte voulait témoigner sa reconnaissance à ses libérateurs, et s'adressant à Othon, il lui demanda à qui il devait sa délivrance ; mais Othon, craignant qu'une explication intempestive n'amenât une reconnaissance trop précipitée qui

pourrait les compromettre tous, jugea à propos
de ne point répondre : et après avoir remercié
Rupert de son dévouement et lui avoir promis qu'il ne l'oublierait pas, il se hâta de faire
entrer son père dans la barque, et, s'y étant
assis à côté de lui il vira de bord ; tandis que Rupert se retirait chez lui en se glissant sous les
broussailles qui croissaient le long du fleuve.

Lorsque, parvenu à une assez grande distance
du château, Othon crut pouvoir toucher terre sans
danger, il présenta à son père un habit de pèlerin
que Rupert avait déposé dans la barque. Le comte
le revêtit, et, étant sorti de la barque, il demanda
de nouveau au jeune homme le nom de son libé-
rateur. « Je suis venu, dit Othon, de la part
de votre épouse. — Et qui vous a fait pénétrer
dans le château de Felsenheim? — Votre fils.
— Mon fils ! il est donc ici ? »

Othon ne répondait pas, un tremblement con-
vulsif agitait ses membres, et des pleurs baignaient
ses yeux. « Vous ne répondez point? continua le
comte avec frayeur.

— Votre fils est devant vous, mon père.» Et il
se jeta dans les bras du comte, et leur embrasse-
ment fut indicible.

Comme le jour commençait à paraître, tous
deux prirent à travers bois. Othon fit connaître
à son père le lieu de retraite et l'état de santé

de Théodora, puis lui demanda la permission de le quitter.

« Où veux-tu aller ainsi, mon fils? — Père, où l'affaiblissement de vos membres et les dangers que vous courriez ne vous permettraient pas d'aller vous-même.

« J'ai appris des hommes d'armes de Felsenheim que l'empereur et l'impératrice sont maintenant à Munich; j'irai les trouver; je présenterai à l'impératrice une bague que ma mère reçut d'elle autrefois et qu'elle m'a confiée, et je supplierai Leurs Majestés de vous faire rendre justice. »

Le comte hésita d'abord; enfin il consentit, plutôt pour son fils que pour lui-même, à l'exécution de ce projet. Encore tremblant d'émotion, il embrassa Othon et ils se séparèrent.

Après plusieurs jours de marche, Othon arriva à Munich; et se donnant toujours pour un marchand de faucons, il obtint la permission d'exposer ses oiseaux en vente dans les jardins mêmes de la cour. Il espérait trouver ainsi une occasion de parler à l'empereur. Le Seigneur, en qui il avait mis toute sa confiance et dont alors il invoquait l'assistance, vint à son secours.

Le lendemain de son arrivée, Othon se promenait dans le parc, portant un faucon sur l'épaule, lorsqu'il trouva un bijou de grand prix, à moitié caché sous l'herbe; il le ramassa, et il cherchait

des yeux à qui il appartenait, quand un crieur
public vint annoncer à son de trompe la perte de
ce bijou, et promettre, au nom de l'impératrice,
une grande récompense à celui qui le rapporterait
à Sa Majesté.

Othon, ne doutant pas que le bijou qu'il venait
de trouver ne fût celui que réclamait l'impératrice,
courut à l'instant même au château. Il montra
l'objet précieux à l'officier de service, et celui-ci,
obéissant à l'ordre de la princesse, qui voulait
donner elle-même la récompense promise, introduisit le jeune homme dans l'antichambre, où
le reçurent les dames attachées à l'impératrice ;
ces dames le conduisirent jusque dans le cabinet
de leur maîtresse. L'empereur s'y trouvait alors
avec plusieurs seigneurs : il invita Othon à s'approcher, et lui dit avec un aimable sourire :
« Puisque tu crains Dieu, mon enfant, et que tu
te confies à la parole de ton prince, je te laisse
le choix de la récompense que je me proposais
d'ajouter à celle de mon épouse ; parle et ne
crains point. »

Othon fléchit un genou, et, inclinant la tête avec
respect, il répondit : « Que Votre Majesté per-
mette d'abord à son serviteur de lui raconter une
histoire. » L'empereur ne put s'empêcher de sourire à ce singulier début ; puis, reprenant son
sérieux, il fit donner un tabouret à Othon et lui

dit qu'il était prêt à l'entendre. Le jeune homme commença ainsi, d'une voix timide, mais non embarrassée.

« Dans un petit vallon, un berger vivait heureux au milieu de son paisible troupeau. Quand les brebis broutaient l'herbe tendre, il s'asseyait à côté d'elles et mangeait son pain; et quand elles s'abreuvaient, il buvait à la même source; car il les aimait tendrement, et il avait soin d'éloigner d'elles toute espèce de danger. Son ennemi, jaloux de son bonheur, recruta dans la forêt une bande de loups et vint les lâcher dans le tranquille vallon; et les loups dévorèrent les brebis et ravagèrent les pâturages; et, ayant enlevé le berger, son ennemi l'enferma dans un sombre cachot, d'où il ne fut tiré que bien des années après, par le dévouement de son fils. Mais si le berger est rendu à la liberté, son troupeau est perdu et ses biens sont encore entre les mains du ravisseur. »

Othon se tut. Tous les regards se portèrent sur lui; on attendait avec impatience la fin de cette histoire dont on ne pouvait comprendre la signification. L'empereur, aussi désireux de la connaître que ses courtisans, pria Othon de la lui donner. Et le jeune homme se levant : « Sire, dit-il, avec une visible émotion, ce berger, soigneux gardien d'un paisible troupeau, c'est votre serviteur, mon père, le comte Henri de Waldberg, fils du comte de Falkenberg, l'époux de Théodora de Staufen, à laquelle Sa Majesté l'impératrice donna jadis la bague que voici. » Et il présenta à l'Impératrice la bague que sa mère lui avait confiée, et sur laquelle était gravé le chiffre de la princesse. « Et l'homme qui rassemble les loups, continua-t-il, c'est le chevalier Dietrich de Felsenheim, autrefois Étienne d'Eulendorf. »

A ces mots, l'empereur, se tournant vers les seigneurs, conféra quelque temps avec eux à voix basse. Puis il dit à Othon :

« Console-toi, mon fils, je regrette bien vivement de n'avoir pu rendre justice plus tôt à ton noble père; je saurai lui faire restituer tous ses droits et tous ses biens. Mais ne parle plus en parabole, et fais-nous en détail le récit de tout ce qui est arrivé à ta famille. »

Othon s'assit de nouveau et commença à conter l'histoire de sa famille d'une manière si intéressante et avec une émotion si vive, que les auditeurs ne purent retenir leurs larmes. Quand il eut fini, l'empereur, en lui présentant sa main à baiser, offrit de lui donner une troupe nombreuse pour aller lui-même attaquer Dietrich dans son repaire.

Le lendemain Othon avait changé ses vêtements simples de fauconnier contre l'armure des cheva-

liers, et à la tête d'un fort détachement de cavaliers il reprit la route du Rhin.

Lorsque, le lendemain de la fuite du comte de
Waldberg, Burckard alla lui porter la ration ordinaire, quel fut son étonnement de ne plus le
trouver! Il fureta dans toute la chambre, et
découvrit enfin le bout de l'échelle de corde que
le comte avait attachée au pied de son lit. Il comprenait bien alors que le comte s'était sauvé par
la fenêtre; mais il ne pouvait s'imaginer comment
ce prisonnier avait pu se procurer une corde; et
il baissait tristement la tête. Je suis perdu, se
dit-il, si mon maître apprend cette évasion; car il
ne saurait s'en prendre qu'à moi, qui étais seul
chargé de la garde du comte. Mais, après tout, il
me reste encore un moyen de salut : c'est de ne
rien dire et de laisser croire à mon maître que son
prisonnier est toujours ici, jusqu'à ce qu'il plaise
à Dieu de me tirer de ce mauvais pas; quant à
Madame, pour qu'elle n'ait plus l'envie de voir
celui à qui elle porte tant d'intérêt, je lui dirai
que son époux m'a ordonné de redoubler de sur-
veillance, et qu'il me surveille moi-même pour
s'assurer de ma fidélité. La disparition de ce petit
drôle de fauconnier prouve qu'il n'est pas étranger à ce malheureux événement; il devait rentrer
hier soir au château, et je ne l'ai plus revu. Cependant il n'a pu entrer ici, puisque la clef de

cette chambre n'est jamais sortie de ma poche, et certainement il n'aura pas grimpé le long du mur pour donner au prisonnier cette maudite échelle.

Burckard retira ensuite l'échelle, et, après avoir soigneusement refermé la porte, il rentra dans son logement, où il cacha la mandoline et les cages qu'Othon y avait laissées; il voulait faire disparaître tout ce qui aurait pu rappeler ce mystérieux inconnu.

Trois semaines s'étaient écoulées, et Burckard se félicitait déjà de la bonne idée qu'il avait eue de cacher la vérité à son maître, lorsqu'au milieu d'une nuit orageuse, le cri : *Aux armes!* vint le tirer de son sommeil. Il se lève avec effroi, entend les clameurs des combattants dans les cours mêmes du château, et va prudemment se blottir au fond du grenier.

C'était Othon, qui, après avoir passé le jour dans un endroit écarté de la forêt, en était sorti le soir, et, profitant du bruit de la tempête, s'était introduit avec sa troupe dans le château : il avait remarqué naguère une entrée qui n'était défendue que par une faible porte. Arrivés dans les cours, les soldats d'Othon poussèrent un cri terrible; les soldats de Dietrich en furent surpris et terrifiés, et n'opposèrent qu'une faible résistance. Othon, suivi de sa troupe victorieuse, courut chercher dans les appartements le chevalier, dont il lui tardait de s'emparer. Dietrich voulut se défendre, mais il fut aussitôt désarmé et garrotté, et quand son regard effaré rencontra celui d'Othon : « Dietrich, lui dit celui-ci, me reconnaissez-vous? Regardez-moi bien, vous m'avez déjà vu. Je suis le fauconnier qui vous a vendu, il n'y a pas longtemps, un bel oiseau dont vous étiez si content. Mais vous ne connaissez pas encore mon nom, et je vais vous le dire. Je suis Othon, fils du comte de Waldberg, que vous avez si longtemps retenu prisonnier, et que j'ai tiré de son cachot par le secours de Celui qui rend justice à l'innocent et châtie le coupable. »

Dietrich bondissait de rage dans ses chaînes et proférait les plus horribles imprécations contre Othon et contre le Ciel. « Calmez-vous, lui dit Othon, vos imprécations sont inutiles; reconnaissez plutôt la justice d'un Dieu fatigué de vos crimes, qui vous soumet à de justes représailles, pour tout le mal que vous avez fait à tant d'innocents. Je vous ai conservé la vie, afin que vous ayez le temps de rentrer en vous-même et de demander au Ciel un pardon dont vous avez si grand besoin. »

Après qu'on eut emmené Dietrich, dont les longs gémissements faisaient retentir toutes les voûtes du château, Othon entra dans l'apparte-

ment de Mathilde pour la consoler et la tranquil-
liser sur le sort de son époux. Il l'assura ensuite
de ses bonnes dispositions à l'égard de Dietrich,
qu'il ne voulait garder prisonnier que jusqu'à ce
que, revenu à de meilleurs sentiments, il fût digne
de la clémence de l'empereur et méritât de rem-
trer dans la possession de ses biens, dont elle
garderait la jouissance.

Othon fit ensuite appeler Rupert, qui fut bien
étonné d'apprendre tous les changements qui venaient de survenir dans le château, et encore plus
de se voir nommé le successeur de Burckard dans
l'intendance de la maison.

CHAPITRE X

Réunion.

Déjà le soleil s'était caché derrière les Alpes, et les ombres du crépuscule s'étendaient sur les vallées, lorsqu'un pèlerin se présenta à la demeure de Luithold. Une robe noire le couvrait de la tête aux pieds; un chapeau à larges bords ombrageait son front, et il tenait à la main un bâton noueux. Luithold, allant à sa rencontre, lui demanda respectueusement ce qu'il désirait. Le pèlerin répondit qu'il désirait lui parler en particulier.

« Nous pouvons nous entretenir ici, répondit

Luithold; mais prenez d'abord quelques aliments. » Et il posa sur la table du pain, des fruits et du miel, auxquels il ajouta une petite cruche de bon vin.

« Pardonnez-moi, dit le pèlerin; mais il m'est impossible de rien prendre avant d'avoir des nouvelles d'une personne qui m'est chère..., plus chère que la vie.

« Ce costume de pèlerin que vous voyez ne couvre pas un homme consacré par état à une vie de pénitence; celui qui vous parle est un chevalier. Je possédais autrefois un riche domaine en Souabe, et j'étais heureux avec mon épouse et mon fils. Mon nom est Henri de Waldberg.

— Quoi! l'époux de dame Théodora! Puisse votre vue la rendre à la santé!

— Serait-elle plus malade que lors du départ de son fils?

— Non, sire chevalier, mais elle est de plus en plus inquiète. Laissez-moi la prévenir peu à peu de votre arrivée. »

Le chevalier remit à Luithold un objet, et celui-ci courut aussitôt à la chaumière de Théodora.

« Je vous félicite, Madame, lui dit-il, on dirait que vous voudriez n'être plus malade.

— Que dites-vous là, Luithold?

— Il ne vous manquerait, Madame, pour vous remettre, qu'une bonne nouvelle.

— Et quelle nouvelle voulez-vous que j'attende?... Mon pauvre enfant m'avait cependant promis qu'avant que les fleurs de mai eussent commencé à s'ouvrir, il serait de retour auprès de sa mère. Eh bien! les fleurs de mai sont passées, et il n'est pas encore ici! »

— Consolez-vous, Madame, le Ciel n'est pas si rigoureux qu'il vous paraît, et si vous avez échappé à la mort, c'est qu'il voulait vous accorder encore de grandes joies. Reconnaissez-vous cet ouvrage? ajouta Luithold, en tirant de son sein une broderie.

— Ciel! s'écria la comtesse, et comment cette image vous est-elle parvenue?

— Vous l'apprendrez. Sachez cependant que celui qui me l'a remise vous donnera des nouvelles satisfaisantes de votre époux ; ce voyageur est chez moi.

— Oh! que je le voie et lui parle!

— Madame, vous êtes trop faible pour supporter tant d'émotions à la fois. Calmez-vous et priez le Seigneur de compléter votre joie.

— Mon bon Luithold, cette inquiétude me fait mal. J'oublierai mes douleurs, lorsque j'aurai vu celui qui doit me donner des nouvelles de mon époux, et s'il me dit qu'il l'a vu sain et sauf.

— Vous devez déjà les avoir oubliées, Madame, car celui qui vous parle est le messager que vous envoie le comte.

— Comment! vous l'avez donc vu? vous lui avez parlé? Oh! répondez; dites-moi où il est.

— Il va venir. »

Un bruit de pas se fit entendre; Luithold ouvrit la porte; les cris de « Henri! » et « Théodora! » se répondirent, et la comtesse était déjà dans les bras de son époux.

Ils se tinrent longtemps embrassés, sans pouvoir prononcer une parole; leurs yeux mouillés de pleurs et levés vers le ciel exprimaient seuls l'émotion qu'ils éprouvaient. Luithold, Gertrude et Rose, qui étaient accourues, les contemplaient avec une douce satisfaction, et versaient des larmes.

« Mais Othon, où est-il? » demanda Théodora.

Henri lui dit le projet que leur fils avait voulu réaliser. A peine avait-il cessé de parler, que tous les regards se portèrent sur une compagnie peu nombreuse de cavaliers qui s'arrêtait, à quelque distance, en face de la chaumière; Othon était à leur tête.

Celui-ci, après avoir quitté le château de Dietrich, voulut surprendre ses parents, en leur annonçant l'heureux succès de ses démarches auprès de l'empereur.

Lorsqu'il arriva au village, tous se découvrirent et se rangèrent pour lui donner passage; personne ne le reconnaissait sous son armure. Ayant mis pied à terre, il s'avance précipitamment vers la porte de la chaumière; un cri de joie lui échappe, et il tombe entre les bras du comte et de Théodora. Nous n'essaierons pas de peindre cette scène de bonheur, qu'il est plus facile à un cœur sensible d'imaginer que de décrire.

Pour combler la joie de ses parents, Othon raconta ensuite tout ce qui lui était arrivé depuis l'heureux moment où il avait rendu la liberté à son père, et finit par tirer de dessous son manteau un parchemin scellé du sceau de l'empereur, qu'il remit au comte. Celui-ci brisa le sceau, et, ayant déroulé le parchemin, il le lut à haute voix. Cet acte portait que le comte de Waldberg rentrait dans tous ses droits, et qu'avec les biens de ses aïeux il reprendrait aussi le nom de Falkenberg.

Le chagrin avait été la cause première de l'état maladif de Théodora, la joie devait peu à peu le modifier. Au bout de quelque temps elle put marcher davantage, puis elle se sentit capable de supporter les fatigues d'un voyage.

Quand le jour du départ fut arrivé, la population du village se rassembla autour de la cabane de Théodora. Toutes ces bonnes gens pleuraient comme des enfants lorsque la comtesse leur fit ses adieux et les remercia des bontés qu'ils avaient eues pour elle. Elle aussi était émue jusqu'aux larmes : il lui semblait qu'elle perdait sa famille, tant elle leur était attachée. Luithold, Gertrude, Rose, étaient des noms qu'elle ne pouvait oublier.

Arrivé à Falkenberg, le comte Henri fit relever les murs du château de son père, tandis qu'Othon relevait ceux du domaine de Waldberg, dont il prit le nom.

Cinq ans après, Henri désira revoir le peuple généreux auquel il devait la conservation de son épouse et de son fils, et il reprit avec Théodora le chemin de la Suisse. Ils comblèrent de dons la famille de Luithold et le village qu'avait habité la comtesse. Puis ils s'en retournèrent par Waldberg, où leur fils les attendait.

Othon, comme nous l'avons dit plus haut, avait fait conduire Dietrich en prison; mais fidèle à la leçon de son père, qui n'avait cessé dans son jeune âge de lui recommander le pardon des offenses, au lieu de le traduire, comme il le pouvait, devant le tribunal de l'empire, il demanda et obtint sa grâce, à condition que le chevalier s'en rendrait digne par son repentir. Comme Manassès, Dietrich, une fois dans les fers, reconnut la justice divine dont Othon n'était que l'instrument, et son repentir satisfit tellement le jeune comte, qu'il voulut le présenter à son père, sans cependant lui faire connaître ses intentions ultérieures.

Dietrich, amené les fers aux mains dans la grande salle de Waldberg, mit un genou en terre et dit à Henri, qu'il reconnut aussitôt :

« Vous voyez à vos pieds un malheureux qui demande votre pardon, quoiqu'il en soit bien indigne. » Et des larmes brûlantes coulaient des yeux du chevalier.

« Levez-vous, chevalier, répondit Henri; non-seulement je vous donne mon pardon, mais encore je vous demande votre amitié. Donnez-moi votre main, et que le Seigneur bénisse notre union. Vous êtes surpris, et cependant je ne crois pas encore avoir assez fait. Vous avez une fille aussi vertueuse que belle, je vous la demande pour mon fils. »

Pendant qu'Henri parlait, Othon avait fait tomber' les fers du chevalier. Théodora s'approcha, tenant par la main Mathilde et Agnès, qu'elle avait amenées avec elle et qu'elle avait cachées jusque alors. Quelle fut la surprise de Dietrich! Confus, il se jeta aux pieds de Falkenberg, qui le releva pour qu'il reçût les caresses affectueuses de sa femme et de sa fille.

FIN

TABLE

CHAPITRE I. — Le château de Waldberg. . . . 7

— II. — Le récit au coin du feu 19

— III. — Catastrophe imprévue. 29

— IV. — Le château de Dietrich 39

— V. — Une famille suisse. 47

— VI. — Le prisonnier 61

— VII. — Le jeune marchand de faucons. 69

— VIII. — Première découverte. 73

— IX. — L'évasion 85

— X. — Réunion. 97

7512. — TOURS, IMPR. MAME

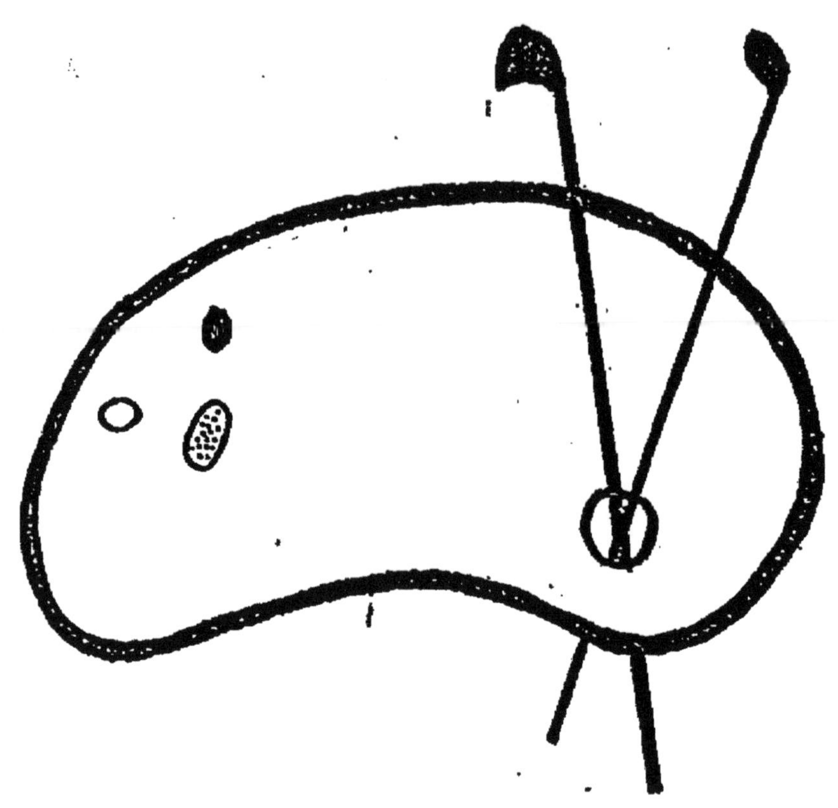

ORIGINAL EN COULEUR
NF Z 43-120-8